華やかな野獣

横溝正史

角川文庫
23104

目次

華やかな野獣

吉田御殿

本牧の吉田御殿——。

と、いうあんまりかんばしくない異名をちょうだいしている臨海荘のあるじは、高杉奈々子といって、当年とって二十五歳というまだうら若い未婚の女性である。

臨海荘は本牧の海にのぞむ豪奢な二階建ての洋館で、ちょっと見たところでは、高級ホテルかとも思われるような外観をそなえている。いや、外観をそなえているのみならず、内部の構造、部屋の間取りなども、万事ホテルむきにできており、あらゆる装飾調度類なども、高級ホテルそこのけの豪奢さをほこっている。

というのは、この臨海荘を建てたもとの建築主が、いざとなったら、いつでも高級ホテルに転向できるようにと、この建物を設計し、建築し、装飾したのである。

では、どうして当年とって二十五歳というようなまだうら若い女性が、このような豪奢な建物のあるじにおさまっているかといえば、これもひとえに新憲法のおかげなのである。

戦前の旧憲法によれば、父の遺産はぜんぶ長男によって相続されることになっていた。次男以下や女の子たちは、長男のお情けにあずかるよりほかには、遺産のわけまえにあずかる権利はなかった。不人情な長男にかかると、無一物でほうり出されても、法律的には、どこへも尻のもっていきようはなかったわけである。

それに反して、戦後の新しい憲法によると、戸主の死後、戸主にもし法律で認められる配偶者があれば、その配偶者が遺産の三分の一をとり、残り三分の二が子供たちに均等に分配されることになっている。

高杉奈々子には母がなかった。母を異にする兄の啓一（けいいち）がいるきりだった。だから、昨年、父が死亡したとき、当然の権利として、奈々子が遺産の半分を相続したわけである。

ありがたきかな、新憲法。

いったい、啓一、奈々子きょうだいの父、高杉啓策（けいさく）なる人物が、何をもって最初の産をなしたのか、世間でもよくわかっていない。

戦前から戦争中、さらに戦後の二、三年へかけて、彼は横浜港の水先（みずさき）案内人をやっていたというから、おそらくあの終戦後の混乱時代に、密輸でもやってしこたま儲（もう）けたのだろうといわれているが、これは当たらずといえども遠からずというところだろう。

しかし、昭和も二十三、四年、インフレもほぼ終息（しゅうそく）し、世相もようやく落ち着いてきたころ、彼は危険な密輸事業と手をきったらしく、昭和二十五、六年ごろには、もう、貿易会社、高杉商会の名は、海外でもそうとうひろく知られるにいたっていた。

つまり、高杉啓策という男は、たんなるアドベンチュラーではなく、進退駆け引きをよく知っており、潮時をわきまえた企業家だったのである。彼もまた、戦後擡頭したもろもろの怪物のひとりだったのであろう。

啓策の最初の妻、すなわち啓一の母は、しごく平凡な女だったらしい。したがって、彼女が生きていたころの啓策も、いたって平凡な男であったようだ。

ところが最初の妻の死後、二度めにめとった妻、すなわち奈々子の母の勝子というのが、ひとかどの女傑であったらしい。

戦後、時いたるとみるや、夫を使嗾し、鞭撻し、ときには帷幕にあってともに画策し、ついに夫をして、こんにちの高杉商会なるものを創立せしめたのも、この賢夫人のかげの力が多かったらしいといわれている。

勝子は二十七年春、高杉商会の基礎もようやくかたまったところをみて死亡した。病気は子宮ガンだった。

啓策は勝子の在世中から、自分の娘の奈々子とそれほど年齢の違わない、葛城京子という若い女を二号にしていたが、勝子の死後も彼はこの女を法律上の妻にしなかった。だから、京子には啓策の遺産にたいして、なんの請求権もなかったわけである。もっとも、啓策は彼女を正妻になおすことを承知しなかったかわりに、京子名義のそうとうの財産をこしらえておいてやったのである。

昭和二十六年ごろ、啓策は東京と横浜の二か所に住まいをつくったが、そのどちらもが、まるでホテルのように設計されているのは、あの戦後の変動期にあって多くの斜陽族を見てきた彼の、いざとなったら、いつでもホテルに転向できるようにという用心ぶかさからきているのであろうといわれている。

昭和二十九年の秋に啓策はこの世を去った。

病気は脳溢血（のういっけつ）だった。

父の死後、兄の啓一が東京の本宅をとり、妹の奈々子が本牧の臨海荘を相続した。そして、高杉商会はふたりの共同経営ということになっている。

奈々子は六つ違いの異母兄とあまり仲がよくなかった。それというのが、父の死後、この兄が新憲法をひどくのろったということを、弁護士から聞いたからである。つまり、旧憲法なら当然自分ひとりのものになるべき財産を、新憲法のおかげで、みすみす半分、腹違いの妹にせしめられるのが悔しかったらしい。

それを聞いて、奈々子はいたく立腹した。

自分たちが相続できる財産は、半分は自分の母のおかげでできたのだという腹を、奈々子はいつも持っている。兄こそそういう偉い継母（ままはは）を持ったことを感謝し、その継母の娘である自分に敬意を表すべきだというのが奈々子の意見であった。

いったい、奈々子はそのまえから、この兄をけいべつしていた。

彼は彼の生母に似て、いたって無能で、小心で、平凡な男であった。容貌（ようぼう）もあまりよいとはいえず、おまけに、戦争中、徴用されていた工場が敵機に爆撃されたさい、爆弾の破片を脚にうけたとやらで、かるい跛（びっこ）をひいていた。

奈々子はひそかに、遠からぬ将来、高杉商会の持ち株をひとにゆずって、自分は手をひこうと考えている。さきの見える彼女は、この無能な兄との共同経営では、とうてい見込みがないと考えているのである。

しかし、いままでのところ、このきょうだいも、表立って喧嘩をするようなこともなく、表面はさりげなくつきあっている。

この無能な兄に反して、奈々子は目から鼻へ抜けるような女であった。機略にとみ、胆力がすわっていることも、母の勝子ゆずりであった。

しかも、彼女は素晴らしい美貌にめぐまれている。

彼女の父の高杉啓策は、かくべつ好男子というのではなかった。どちらかといえば、ごつい感じを相手にあたえる容貌だった。母の勝子もとびきりの美人というのではなかった。ただ、ぽっちゃりとした、どこにあのような機略や胆力をひめているのだろうと思わせるような、観音さまのように柔和なおもだちだった。

ところが、このふたりが結合して、そこに奈々子というものが生まれると、これが素晴らしい美人となった。配合の妙をえたとでもいうべきであろうか。

ぽっちゃりとしたところは母親ゆずりなのだろうが、ただしまりなくぽっちゃりしているのではなくて、体の線にかっきりとした強いものがあるのは、おそらく父親ゆずりなのだろう。そして、それが男性にとって、このうえもなく強い魅力となっているのである。

目鼻立ちはいちいちいうまい。それらの道具のひとつひとつが、男の心をとろかさずにおかぬ蠱惑にみちており、また、彼女がそれらの道具をいかに上手にあやつるべきかを心得ていたといえば足りるだろう。

膚の美しさは両親ゆずりであった。

さて、父の死後、臨海荘を相続すると、彼女は周囲の反対をおしきって、ここを自分の住まいとさだめた。そして、父の生前からつかえている楠はま子という忠実な初老の婆やのほか三人の奉公人にかしずかれ、奈々子はいま臨海荘の女王として、戦後女性の解放感を思うぞんぶんに享楽しているのである。

臨海荘が吉田御殿という悪名をもって呼ばれるゆえんであった。

彼女がベッドの相手に選んだ男には、日本人のほか、白人もあれば、中国人もあった。しかし、子細に観察すると、彼女がベッドをともにすることを許した男に、ただ男振りがいいというだけで、ほかになんの取りえもないというような人物はひとりもいなかった。

皆それぞれの方面で、経済的に、財政的に、あるいは企業的に活動している人物ばかりであった。当然、中年以上の男が多く、色好みは色好みでも、そうとうの地位にある敏腕家ばかりを彼女は選んだ。

つまり、奈々子は、男に最後のものを許したとて、相手のおもちゃになって満足しているような女ではなかった。逆に、彼女は男たちの知恵や、分別や、才覚や、また、彼らの豊富な経験を利用して、自分の財産をふとらせることに役立たせていたのである。

淫蕩（いんとう）は淫蕩だったけれど、そこにはいつも鋭い打算がはたらいていた。

だが、こういったからとて、奈々子が不正事業に手を染めているのではないかなどと、早合点（はやがてん）してもらっては困る。

彼女はどういう意味でも法網をくぐることを喜ばなかった。

それはおそらく、密輸事業から手をひくときの、賢母、勝子の宣言だったのだろう。あるていどの基盤ができたら、危険な橋をわたるより、合法的に企業したほうが、究極において有利であるというのが、賢い勝子のモットーだった。

だから、奈々子はただ経済情勢の機微や推移の情報を、いちはやく、経験豊富な男たちからつかもうとしているのであり、一見、女に甘そうにみえる男たちでも、いちばん大事な情報は、女が最後のものを提供しないかぎり、口をわらないものだということを、豊富な経験によって奈々子は知っているのである。

彼女はまた、月に一回、会員制度のパーティを、臨海荘で催すことにしている。

それはずいぶん享楽的なパーティであった。男も女もそこではすっかり解放されて、自由に自分の好きな相手を選んでよいことになっており、しかも、その席における男女の交渉は、絶対にその場かぎりであり、外の世界まで持ち出してはならぬということが、かたく会則で決められているのである。

これなども、好きな相手と一夜を享楽するだけで、おたがいに金品のやりとりはないのだし、未成年者はいないのだから、法に触れるとは思われぬと、奈々子はかたく信じている。

このパーティの会費はべらぼうに高かった。

それでいて、なおかつ、月々会員がふえるところをみると、いかにひとびとがこういう機関を切望しているかわかるではないかと、奈々子は内心鼻をたかくし、おのれもこのパーティによって享楽しながら、しかも、ちゃっかりとふところをふくらませているのである。

つまり、奈々子は究極の破滅はおそれるがゆえに、法律的な不正は憎んだが、性の享楽ということに関しては、たいへん寛大な考えかたをもっているのである。

このパーティは深夜の十二時からはじまり、むろん、男と女は同数で、みんな、いちおうマスクをかけることになっているが、これはパーティの興趣をたかめるためのお景物にすぎなかった。

常連たちは、たとえマスクをかけていてもいなくても、たがいに相手を認識することができる場合が多かった。

人肉の市

「奈々子さん、ちょっと」

臨海荘のホールでは、この例会にいつも招かれるご常連のジャズ・バンドが、いま騒々しい不協和音をかきたてている。

あちらでもこちらでもビールがあわだち、ウイスキーがあふれ、シャンペンを抜く音がいせいよく天井にこだまする。

タバコの煙と、脂粉の香りと、アルコールのにおいが、ホールいっぱいに立ちこめて、むせっかえるようである。

時刻は深夜の一時。

無軌道なこの肉の宴は、いまようやく佳境に入って、みだらがましい一種の喧騒がひとつのシンフォニーとなってホールの中を支配している。

ぴったり頰と頰とを寄せ合って、伴奏に合わせて踊っているカップルもあれば、ホールの片隅のシュロの葉陰で、しっかり抱き合って、唇を合わせているのもある。なかには、もうひと合戦すませてきて、つぎの合戦の相手を物色しているのもある。

このホールでは、唇を合わせることしか許されない。それからあとのことは、部屋へさがって行なわなければならぬ規定になっている。そこに奈々子の無軌道にも限界があり、彼女は近ごろ流行するという乱交パーティは好まなかった。法に触れるからである。

だが、それにしても、開会が宣せられて一時間ともなれば、肉のうずくような百鬼夜行の様相がいたるところでくりひろげられていても不思議ではない。

「なあに、京子さん」

マスクをかけていてもながいなじみだ。奈々子はいま自分を呼びかけた女が、かつての父の愛人、葛城京子であることを知っている。

「あのボーイさん、どうしたの。今夜はじめてのようだけど……」

と、京子がちょっと不安そうに顎(あご)を突き出して示したのは、ホールの入口にしゃちこ張っている制服制帽のボーイだった。

そのボーイというのは、容貌からいってどこにどういう取り柄もない、小柄で貧相な男であった。ボーイとしてはあまり身だしなみのよろしくない男で、縁のない金文字入りの赤い制帽の下から、くし目のないもじゃもじゃとした髪の毛がはみだしている。制帽には横に臨海荘と入っており、制服はズボンが青で、上は真っ赤な詰襟(つめえり)に、金ボタンが五つついているが、そのボタンのひとつがはずれているのがだらしがない。

「ああ、あのひと……？」

と、奈々子はこともなげに笑って、

「あれ、二、三日まえに雇い入れた男なの。なにしろ手がたりないものだから……ほら、箱田というのがこのあいだ結婚して出ていったでしょう。その後釜(あとがま)よ」

「でも、大丈夫？　そんな新顔にこういう情景を見せつけて……」

「あら、どうして？」

と、奈々子はマスクの奥から無邪気そうに眼をみはって、

「見せたっていいじゃないの。見られたって悪いってこと、やってないでしょ？」

「でも……」

と、京子はあくまでも不安そうである。

京子が不安がるのは、ひとつはそのボーイの立っている位置である。そこはホールの隅から奥へ通じている廊下の入口で、男と女が奥の部屋へひけるとき、いやがおうでもそのボーイのまえを通らなければならないからである。

奈々子はかるく京子の腕をたたいて、

「おかしいわね、京子さんたら、あなた、気心も知れない男にこんな情景を見せつけて、警察へ報告でもされやあしないかと心配してるんじゃないの」

「ええ、それですから……」

「だけど、あたしたち、なにも警察へ知れて悪いってことしてるんじゃないわよ。べつにエロ映画やエロ・ショーを見せてるわけじゃなし、ただ、おたがいに好きなひとを見つけて、一夜を楽しもうというだけじゃないの。あなた、もうおすませになって？」

と、奈々子の口吻はてんで事務的である。

「いいえ、まだ……」

と、かえって聞かれた京子のほうが、マスクの下で顔を赧くした。

京子はたしかに奈々子より三つか四つ年上のはずである。昭和二十六、七年ごろ、昼間はさる商事会社につとめ、夜は夜でアルバイト・サロンかなんかではたらいていたところを、奈々子の父に見いだされて、その二号さんにおさまったのだが、啓策のつくっておいてくれた財産のおかげで、その死後も何不自由なく暮らしている。

啓策の死後、まだ決まった相手もないので、月一回のこのパーティが、京子にとっては生理的にも必要なようだ。だから、彼女は何よりもこのパーティが楽しみらしく、いままで一度も欠席をしたことがないもっとも熱心な会員のひとりだった。

ふたりともセーターにスカートという、いたって無造作な服装である。

いったい、このパーティの出席者は、男も女も、いままで働いていたオフィスからそのままやってきたというような、無造作なスタイルが多かった。そこはやっぱりひとめにつかぬようにという配慮がはたらいているのだろう。

今夜の出席者は男女しめて三十人。

「そう、それじゃはやくいいひとを見つけなさいよ。もう一時よ」

「奈々子さん、あなたは……？」

「あたしもまだ。今夜はうんと生きのいいところをつかまえようと思ってるの。一番せんじなんてまっぴらよ。あら！」

だしぬけに、後ろから男のたくましい腕に抱きすくめられた奈々子は、甘い嬌声を上げると、しなやかに後ろを振り返った。

「まあ、あなただったの？」

「どう、もうそろそろお部屋へさがらない？」

京子のまえもはばからず、後ろからしっかり女の乳房を抱きすくめて甘い声でささやくのは、四十前後の中年男である。

マスクをかけているので、顔ははっきりとはわからない。色の浅黒い、がっちりとした顎の線と、たくましい肩幅や胸板の厚さに、中年男の淫蕩とたのもしさとが同居している。いかにも奈々子の好みにかないそうな男である。身長は五尺六寸というところか。

「だめよ、あなたは……今夜はあたし、新しいひとと冒険してみようと思ってるの。あなたはまたこんど……」

と、身をくねらせるようにして、するりと男の腕からすりぬけると、

「ああ、ちょっと、京子さん」

と、向こうへいきかけた京子を呼びとめた。

「あなた。こちらと……経験がおありになって？」

京子はマスクの下からちらちらと相手の顔を見ると、すぐまぶしそうに眼をそらして、

「いいえ、一度も……」

と、ほんのり頬を染めながら、

「毎月おめにかかってはいるようですけれど」

「どう？　こちらと今夜……このひと、あたしのお友達のひとりなんですけれど、いや？」

「ほっほっほ、よくって？」

と、京子もまんざらでない顔色である。

髭のそり跡の青々としたたくましい男の顎のあたりを、まぶしそうに流し目に見る。平服ながらもきちんとした、身だしなみのよさそうなのも好感がもてる。そうとう毛深い男のようだが、それも一夜の相手としては、好もしいかもしれないのである。

「いいわよ。今夜は無礼講じゃないの。それじゃ、あなた」

と、奈々子は甘えるように男の顔を振り返って、

「今夜はこのかたのお相手をつとめてあげて」

「こちら、どういう？」

と、男も京子が気にいったらしく、白い歯を出してにやにやしながら、マスクの下からぬれたような眼を奈々子に向ける。

「ほら、いつもお話してるでしょう。亡くなったパパの……マスクをとってごらんなさい。そりゃ素晴らしいかたよ」

「ああ、奈々子さんのパパさんの……それはそれは失礼しました」

と、男はかるく腰をまげて会釈をすると、

「いかがですか、マダム、お嬢さんのお許しが出ましたから、今夜はひとつ、ぼくのお相手をつとめていただけませんか」

「あたくしでよろしかったら」

と、京子はいくらか固くなっている。

「ほっほっほ、そんな固苦しいあいさつはいっさい抜きよ。はやくお部屋へさがって、

うんと享楽していらっしゃい」

おそらく、数多い奈々子の情人のひとりなのだろう。その男をほかの女にゆずって、奈々子はいささかも悔いるふうがない。

手をとりあっていくふたりは、部屋へたどりつくのを待ちかねたのか、向こうのシュロの葉陰で立ち止まると、男が女の腰を抱きよせた。女は甘えるように男の首に手をまわす。しっかり抱き合って唇を合わせた後、ふたりはまた腕を組んでホールから出ていった。ホールから隅の廊下へ入るとき、例の身だしなみのあまりよくないボーイのまえを通ったが、ボーイは眠そうな眼をしょぼつかせているだけで、てんで興味を示さなかった。

奈々子はそれを見送って、くすくす笑っていたが、

「奈々子」

そこへまた男がひとりやってきて声をかけた。もちろんマスクをかけているが、マスクをかけていても、奈々子はひとめ見て、それがだれだかわかるのである。

「あら、兄さん」

と、いままでの上機嫌(じょうきげん)の色はかげをひそめて、声が急に固くなる。表情もきびしくひきしまって、とげとげしかった。

「なにかご用……？」

「こないだのことなんだけど……」

と、啓一はよわよわしい声で呟いた。

奈々子のパッと目につく大柄なのに反して、異母兄の啓一は中肉中背というよりはやや小柄で、色は白いのだけれど、あまり白すぎて、どこか脆弱な感じである。

ひとつには、左脚をかるくひきずってあるく跛のせいかもしれない。戦争中、敵機の空襲にやられたあとなのである。

「こないだのことって、ビジネスのこと？」

「うん」

と、啓一の返事は元気がない。

「だめよ、今夜は……今夜は享楽のための晩なのよ。そんな野暮な話、いっさい抜きよ」

「そんなこといわないでさ、相談にのっておくれよ。いまおまえに逃げられると、ぼく、じっさい困るんだからさ」

「だめってば、兄さん！」

と、奈々子は思わず強い調子になって、

「今夜はあたし、まだ一度も冒険してないんだから、大至急お相手を物色しなきゃ……」

「どうじゃね、奈々ちゃん、わたしじゃ……」

その声に後ろを振り返った奈々子は、そこに立っているビヤだるのような男の姿をみて、おもわずぷっと吹き出した。

「いやなおじさま」

と、奈々子はしなをつくりながら、げんこを固めて大きな相手のおなかをこづいた。

この男は、奈々子の父、高杉啓策が水先案内をしていたころの仲間である。名前を太田寅蔵といって、まえは水先案内をしていたのだが、奈々子の父が成功してから拾い上げられた。こころみにつかってみると、機略もあり、目先もきくので、その後だんだん登用されて、いまでは高杉商会の重要メンバーになっている。

奈々子は、じつはこの男ともベッドをともにしたことがあるのである。

「おじさまは、そうそう、ほら、向こうに一人でいらっしゃるご婦人ね、羽根扇をつかっていらっしゃる……」

と、奈々子は太田の腕をとって、ホールの隅のほうへ向きなおらせた。

そこには脂肪の塊みたいな女が、傲然と、しかし、どこか寂しげに腰を下ろして、ゆったりと羽根扇をつかっている。年齢は四十をはるかに超えているのだろう。二重顎がはちきれそうで、胸の隆起なども水枕をふたつぶらさげているようである。

今夜の出席者のなかで、この女だけがイブニング・ドレスをつけ、首のまわりや指にピカピカ宝石を光らせている。せいぜいおめかしをしてきたつもりなのだろうが、それがかえって不調和で、周囲からうきあがって、孤独にみえた。

「あれはどういう……？」

「どなただっていいじゃないの。そんな野暮なこと聞くもんじゃなくってよ。お寂しそうでお気の毒ですから、ひとつお相手をしておあげなさいよ」

「そうさなあ」

と、太田は小鬢をかきながら、しかし、ああいうのもまんざらでないかもしれないと考える。ひとが見向きもしないのを拾ってやれば、感謝感激アメアラレ、大いに歓待してくれるに違いないと、にやにやしながら、いたずらっぽい目を奈々子に向けた。

「それじゃ、ひとつお慈悲にプロポーズしてやるかな」

「お慈悲だなんて生意気よ。ぐずぐずしていると、おじさまこそ売れ残ってしまうわよ。そら、もう一時過ぎじゃないの」

「こいつめ、なまいうな、あっはっは」

太田寅蔵は腹をゆすって笑いあげると、お相撲さんのような歩きかたで、ゆらりゆらりと脂肪の塊のほうへ歩いていく。

このパーティはいっさい無礼講になっており、たとえ相手が社長の遺児でも、今夜だけはそれを忘れることになっている。

ことに、太田は奈々子の父とその昔、水先案内の仲間だったし、それにたとえ一度でも自分の腕に抱いて寝た女だという腹があるから、こういう席ではとかく言葉がぞんざいになる。しかし、それは傲慢だとか、不遜だとかいうのではなく、この男の行儀を知らない野性からくるのだということを知っているから、奈々子はべつに気にもとめない。

「奈々子」

太田が向こうへいってしまうと、また啓一がものねだりするような声をかける。

「だめ、だめ」

と、奈々子はそれを邪険に突きはなすと、

「あら、あなたがたなの」

と、二、三人むらがりよってきた求愛者の顔を、ひとりひとりマスクごしにながめていった。

「ほっほっほ、だめねえ、みんな。今夜はあたしもっと新鮮なひとがほしいのよ」

と、そういいながら、男たちの肩ごしにホールの隅へ眼を走らせた。

そこに男がひとり、喧騒と肉欲の群れから離れて立っているのに、奈々子はさっきから目をとめていたのである。

「ちょっと失礼。あなたがたはほかのお相手を探してちょうだい」

奈々子はたくみに男たちのあいだをくぐりぬけると、獲物をねらうガラガラヘビのように、しゃなりしゃなりとお尻を振りながら、男のそばへ近よった。

「ねえ、あなた」

と、奈々子は男の腕に手をかけると、

「何をそんなに考えこんでいらっしゃるのよう」

と、甘えるように声をかけると、両手で男の腕をかかえて、赤く染めた髪の毛を男のたくましい腕にもたせかけた。

男はちょっとどぎまぎとしたふうだった。マスクをかけているので、目鼻立ちははっきりわからないが、日焼けした顎が張って、いかにも粗野で、精力的な印象をひとにあたえる。背はあまり高くはない。せいぜい五尺四寸くらいというところだろうが、首と腰のがっしりとした太さが、奈々子のような女の食欲をそそるのか。

そばへよると、プーンとひなたくさいにおいのするような男で、首まである毛糸のセーターを着て、手にマドロス・パイプを持っている。しかし、なんとなくマドロス・パイプはその男にそぐわぬようにみえた。

「ねえ、あなた」

と、奈々子はぬれたような眼を上げて、

「あたしじゃいけなくって？　あまりよりごのみするもんじゃなくってよ」

と、男の手をとって自分の乳房に押しつけると、

「ね？　わかって？」

「うん、うん、あの、それじゃ……」

と、男は咽喉(のど)のつまったような声でいうと、あわててあたりを見まわした。

しかし、男も女も千軍万馬のつわものぞろいだ。

いちいち他人の情事に気をとられているようなとんまはいない。いま奈々子に求愛してはねつけられた連中にしても、それぞれ新しい狩猟に突進していて、なかにはすでに獲物をとらえて、喋々喃々(ちょうちょうなんなん)の境地に入りかけているのもある。男と女が同数だから、あぶれる心配はないのである。

「あの、……お嬢さん」

と、男がこわばった声でなにかいいかけるのを、奈々子はおっかぶせるように、

「あら、うれしい。あたしで満足してくださるのね。それじゃ、お部屋へつれてって」

しなだれかかる女の腕をとると、男はしゃちこばって、ごくりと生つばをのみこんだ。外見の粗野なのにも似ず、案外うぶなところがあるようだ。奈々子は内心笑いをかみころしている。

ふたりが手を組んでホールから廊下へ入っていくと、ちょうどそのまえを、これまた話し合いができたのか、太田寅蔵が女王様のように尊大にかまえた脂肪の塊と、腕をくんでいくところだった。

時刻はちょうど一時半。

慣れているのか、それともこれも商売と達観しているのか、ジャズ・バンドの連中は、少しもテンポを狂わせず、終始一貫、甘いメロディーをかなでている。トランペットのソロがひときわ高く、美しかった。

廊下の入口では、さっき京子を不安がらせたあの身だしなみのあんまりよくないボーイが、これまた達観しているのか、眠そうな眼をしょぼつかせて立っている。ボーイの背後には、布をはった大きなついたてが立っていて、それがホールから廊下を遮蔽しておおり、しかも廊下はわざと薄暗くしてあった。

華やかな野獣

この思いきって解放的なパーティが、突如、地獄の様相をおびてきたのは、明け方の五時ごろのことだった。

ひとびとはいま、おびえきったような眼の色をして、廊下から奈々子の部屋をのぞいている。

奈々子の部屋はふた間つづきになっており、廊下のとっつきが広い居間で、その奥がベッド・ルームになっている。ベッド・ルームのドアもいま大きく開かれているが、廊下からではベッドは見えない。

だが、そのベッドの上に、殺害された奈々子の死体が横たわっていることを、臨海荘にいるひとびとは、みんな知っているのである。

それにしても奇怪至極なのは、ゆうべ京子を薄気味悪がらせたあの小柄で貧相でもじゃもじゃ頭のボーイの振る舞いである。

彼は、奈々子がベッドのなかで殺害されていると聞くと、いちばんにこの部屋へ駆けつけてきた。そして、寝室と居間の境のドアのところから、ひとめベッドの上を見ると、すぐあとから駆けつけてきたひとびとを廊下の外へ追い出した。そして、女中頭の楠はま子に命じて警察へ電話をかけさせると、自分はドアのまえに立ちはだかって、現在の兄の啓一や、大番頭格の太田寅蔵さえも部屋のなかへいれなかった。

それのみならず、だれも警官の許しが出るまでこの家を立ち去ってはならぬこと、うっかり無断で立ち去るとかえって警察から疑いの眼で見られるであろうことを、慇懃丁重をきわめているが、考えようによっては威嚇的な言葉で述べたてた。

むろん、このボーイのいうことは理屈にかなっている。だれもそれに異存はない。ただ、問題は相手がボーイだということである。ボーイにしては僭越千万であるが、万事物慣れているし、それに態度も自信にみちている。いまや帽子をとって、もじゃもじゃ頭はまる出しだし、詰襟のボタンが上がふたつはずれているのは、ボーイとしてはいよいよ失格である。

「いったい、君はだれだね。どういう人物なんだね」

マスクの下からさぐるように、ボーイの顔を見つめているのは、ゆうべ京子とベッドをともにした奈々子の数多い情人のひとりである。

ついでにここで身分を明かしておくと、この男はおなじ横浜の貿易商、越智商会の主人で、名は越智悦郎という。年齢は四十前後だろうが、なかなかの敏腕家だという評判である。もと職業軍人であるともいうが、どうせ戦後のことである。だれもたしかなことを知っているものはない。

「ぼくですか」

ボーイはにこにこしながら、

「ぼくのことはいまにわかります。警察のご連中がやってきたら……」

ボーイのその言葉も終わらぬうちに、臨海荘の表のほうに自動車のクラクションの音が聞こえて、やがて向こうのホールへどやどやと入りこんでくる人影が見えた。この廊下はホールの隅からまっすぐに通じているのである。

「ああ、どうやら警察のご連中がやってきたようですね。どうです。みなさん、マスクをおとりになったら……おたがいにてれくさいでしょうが。マスクのまんまで警官にお会いになるわけにはいきますまい」

こういう破廉恥（はれんち）なパーティのさい、マスクは一種の隠れみののようなものである。マスクをかけているという安易さから、ひとびとはどんな大胆な振る舞いでもできるのだった。

しかし、これまた、この小生意気なボーイのいうとおりだった。マスクをかけたまま警官に会うわけにはいかない。そこで、ひとびとが慌ててマスクをとってポケットへねじこんだところへ、女中頭の楠はま子が警官たちを案内してきた。

「ああ、神尾さん、ご苦労さん」

浜育ちでもと水先案内人の太田寅蔵君は、駆けつけてきた捜査主任を知っているらしく、ほっとしたような顔色である。

神尾警部補はじろりとその顔をしりめにかけ、

「ああ、太田さん、とうとう千姫がやられたそうですね」

と、そういってから、そこにいる啓一に気がついて、

「いや、失敬、失敬。だけど、いまにこんなことが起こりゃあしないかと心配してたんだ。太陽娘、あんまり無軌道すぎたからね。現場はこの部屋のなかなんですね」

神尾警部補がドアのなかへ入ろうとするのを、

「ああ、ちょっと、主任さん」

と、腕をとってひきとめたのは、例の奇怪至極なボーイである。

「ええ、何?」

と、警部補が不思議そうに眼をすぼめるその鼻先へ、

「ぼ、ぼく、こういうものですが……」

と、いささかてれくさそうに怪ボーイが名刺を突きつけると、ああら不思議や、それまでいくらか尊大にかまえていた神尾警部補の顔色が、まるで魔法の杖にでもさわられたように、大きく変化したから奇怪千万。

「あっ、き、き、金田一先生……」

と、頭のてっぺんから足のつまさきまで見上げ見下ろしししながら、

「せ、先生がどうしてここに……」

と、あきれかえったような顔色である。

「いやあ」

と、金田一耕助はいよいよてれくさそうに、もじゃもじゃ頭を五本の指でバリバリジ

ャリジャリかきまわしながら、

「そのことはいずれあとでゆっくりお話するとして、ぼくもいっしょに部屋のなかへ入ってもいいでしょうね」

「さあ、さあ、どうぞ。先生とごいっしょに仕事ができるなんて、こんな光栄なことはありませんな。おい、君たち」

と、神尾主任はいささか興奮のていで、金魚のウンコのようにゾロゾロ後ろにしたがった部下たちを振り返ると、

「こちらが有名な私立探偵の金田一耕助先生だ。いつか一度は先生の名推理に接してみたいと思っていたんですが……」

と、神尾主任はしかし少なからず疑いぶかそうな顔色で、

「それで、先生はもう死体を……？」

「はあ、さっきなかのドアのところからちらと見たきりなんですが……このひとたちを部屋から追い出すのに骨が折れたもんですからね」

と、金田一耕助は廊下に立って、バカみたいにポカンと口を開けているひとびとのほうを振り返った。

「ああ、そう、それじゃ、どうぞ、どうぞ」

鞠躬如たる態度というのは、こういうときにつから言葉だろう。おそれ、かしこみ、敬い、奉る警部補の態度に、そのとき廊下にいた連中は、啞然として開いた口がふさが

らなかった。こいつ、いったい何者だろうという顔色である。

しかし、金田一耕助はそれにたいして、かくべつ得意そうなふうもなく、神尾警部補とともに居間へ入っていく。それにつづいて係官一同が入ってしまうと、廊下側のドアは注意ぶかく内部から閉められてしまった。

さっきもいったとおり、そこは居間になっており、いかにも金持ちの女あるじの部屋らしく、豪奢で、しかもなまめかしい調度類でかざられている。そして、その奥に寝室へ通ずるドアが大きく開かれていた。

「ぼくはここから見ただけなんですが、死亡していることは間違いないようです」

と、金田一耕助は注意ぶかくドアの外で足をとめた。

神尾警部補もドアのところで立ち止まって寝室をのぞくと、部下に向かってそれぞれ適当な指令をあたえる。ただちに写真班がなかへ踏み込み、あらゆる角度から現場写真が撮影された。それから鑑識の連中が入っていくと、指紋検出の粉末を部屋いっぱいにふりまいている。

そのあとで、金田一耕助は神尾主任といっしょに寝室のなかへ入っていった。

さっきもいったとおり、吉田御殿の女あるじ、千姫とよばれた高杉奈々子は、いくたの男と享楽をともにしたベッドの上で殺害されているのだが、その死体の様相には、いろいろと腑に落ちぬところが多かった。

まずだいいちに、奈々子は上半身裸だった。

シュミーズは着ていたが、肩のベルトがはずされて、双肌脱ぎになるように薄い絹地がはねのけられて、豊満な上半身の肉づきが、ピンク色の電気スタンドの照明のなかに、なまめかしくも、むごたらしく露出されている。

ここにむごたらしくという言葉をつかったのは、露出されたふたつの乳房のうち、左の乳房の下をえぐられて、そこからあわのような血が吹き出しているのである。

それでいて、彼女はスカートも靴もちゃんとはいていた。

そのポーズは、ベッドの上になために横たわっていて、左脚はベッドの上に伸びているが、右脚はベッドのはしから垂れている。そして、派手なプリントのスカートが、ピンク色の毛布の上にパッと華やかにひろがっている。

裸のからだにスカートだけはいた女……。

いや、じっさいはシュミーズの下にズロースもはき、靴下も靴もちゃんとはいているのだが、ちょっと見たところ、シュミーズが肩からはずされ、むき出しにされた上半身のゆたかな肉づきや、扇情的な乳房の隆起の印象が、あまり刺激的で、強烈なので、裸のからだにスカートだけつけているように見えるのである。そして、そのことがまたいっそう扇情的で、挑発的で、さながら、華やかなる野獣という感じであった。

いや、じっさいにおいて、高杉奈々子という女は、華やかな野獣だったのだろう。

「金田一先生」

と、神尾警部補は当惑したように、小指で小鬢をかきながら、

「こりゃいったいどうしたんでしょう。被害者は、その……つまり、あの事を行なったのち、ズロースをはき、靴下をはき、シュミーズを着て、スカートをつけ、さて、それから靴をはいたところを犯人におそわれたんでしょうか」

「しかし、それにしちゃ、シュミーズが双肌脱ぎになっているのがおかしいとはお思いになりませんか」

と、金田一耕助もおなじように当惑顔で、

「いま、主任さんがおっしゃったような場合だと、ふつう、シュミーズを着てから靴下をはき、それからスカートをつけ、靴をはくという順序になると思うんですが……いや、靴をはくまえにセーターを着るのが順序でしょうな」

「そうです、そうです。それがふつうの順序というもんです。すると、これから事を行なおうとして、セーターを脱いだところを……」

「しかし、それにしても、スカートをとるまえに、シュミーズを双肌脱いだのがおかしいですね。いま、主任さんのおっしゃった場合だと……」

と、金田一耕助はベッドの下にあるスリッパに目をとめて、

「まず、靴を脱いでスリッパにはきかえる。それから、セーターを脱いでスカートをとる。それからシュミーズを脱ぎにかかるというのがふつうの順序だろうと思うんですが……どうも、そこのところが合点がいきませんね」

「主任さん、主任さん」

と、そのときそばから坂口刑事が、しかつめらしい顔をして言葉をはさんだ。

「事を行なったか行なわなかったか、そんなことはすぐわかりまさあ。いまに吉岡さんがやってきますから、調べてもらうんですな」

吉岡さんというのは警察医らしい。

「いやあ、そんなことは調べるまでもありませんや。この太陽娘が、ベッドのなかにいて事を行なわずにすませるもんですか。この千姫さまがね。うっふっふっ」

青木刑事のおどけた調子に、一同は思わず失笑したが、金田一耕助は笑わなかった。笑わなかったけれど、金田一耕助もしごくその言葉に同感したのである。

それというのが、かたわらのイスの上に投げだしてある派手なパジャマやガウンが、これから着ようというのではなく、いままで着ていたのが脱ぎすてられたというようなポーズに見えるし、そのほか、シーツのしわもひどく乱れていて、そうとうはげしく事を行なったあとらしいことが示されているように見えるのである。

しかし、それは医者がきて調べればすぐ判明することである。

「ところで、金田一先生、もうひとつ不思議なことがあるんですが……」

と、神尾主任は眉をひそめて、

「ほら被害者の咽喉のまわり……」

「いや、ぼくもそれを不思議に思っているんですが……」

と、金田一耕助も顔をしかめた。

一同が不思議がるのも無理はない。高杉奈々子は、さっきもいったとおり、左の乳房の下を鋭くえぐられているのである。

ところが、一方、彼女の白い咽喉のまわりには、いたいたしいひものあとが紫色に食いいらんばかりに残っているのである。

「金田一先生」

神尾警部補はいくらかもったいぶった口調で、

「これはこういうことになるんじゃないでしょうか。犯人はまずひもようのもので被害者の首を締めた。しかし、万一、息を吹き返すといけないというところから、ぐさっとひと突きに心臓をえぐっておいた。つまり、とどめを刺すというやつですね」

「だけど、主任さん、それだとあの血をどう説明しますか」

と、金田一耕助にかたわらの床の上を指さされて、神尾警部補のみならずそこに居合わせた刑事たちも、

「えっ、血が……？」

と、みないちように顔見合わせた。

「いや、お気づきじゃなかったのも無理はありませんね。この絨緞(じゅうたん)の色が保護色になっているんですね。ほら、こうして横から透かしてごらんなさい。そこにまだ乾ききらないひとかたまりの血だまりがあるでしょう」

「ち、畜生……」

と、坂口刑事が鋭く舌を鳴らした。

それは金田一耕助をののしったのではない。自分たちの重大な見落としについて、おのれ自身を責めているのである。

なるほど、金田一耕助も指摘したとおり、この寝室には血のような色をした絨緞が敷いてあるので、それが保護色となって、いままでだれも気づかなかったのだが、ベッドから一メートルほど離れた床の上に、直径五寸ばかりの不規則な円形をした血だまりが、絨緞のあつい繊維のなかにしみついていた。指を触れてみると、まだじっとりと湿っている。

「ほほう」

と、神尾主任も驚いたように、絨緞の上の血だまりからベッドの位置までの距離をすばやく眼で測ってみながら、

「すると被害者はベッドの上で刺されたんじゃなく、立っているところを突き殺されたというわけですか」

「だけど、主任さん」

と、青木刑事が不服らしく唇をとんがらせて、

「それじゃ、犯人はなぜ被害者の首を締めたんです。ああもみごとに心臓をえぐりゃ、それだけで十分じゃありませんか」

「可愛さあまって憎さが百倍、突き殺しただけではあきたらず、また締めあげたという

わけかな。千姫さんも罪をつくったからな」

神尾警部補は愕然（がくぜん）たる顔色である。

「そうすると、動機は情痴の果てということか」

「決まってらあな。吉田御殿で千姫が、しかもベッドのなかで殺されてるんだ。それよりほかの動機が考えられますかってんだ」

坂口、青木の両刑事は、動機を痴情と決めてしまったが、そこへおくればせに医者が駆けつけてきたので、金田一耕助は遠慮して居間のほうへ退いた。医者にあそこのところを入念に調べてもらうためであろう。


セーターはいずこ？


吉岡医師の検死の結果、わかったところによるとこうである。

むろん、くわしいことは解剖の結果を待たなければわからないことだけれど、警察医としての長年にわたる経験から判断するに、犯行の時刻は三時から三時半までのあいだで、最初、締め殺しておいた後、あらためて心臓をえぐったのであろうという。そして、たしかに事を行なった形跡があるというのである。

「そうすると、先生」

と、神尾警部補は顎をなでながら、

「ほんとの死因は、絞殺ということになりますな」

「ああ、そういうことになるな」

「しかし、締め殺して死んでいるものを、なんだってまた、あらためて心臓をえぐったりしたんでしょうね」

「そんなこと、わたしの知ったこっちゃないね。そこを調査するのが君たちの職分じゃないのかね。しかし、まあ、いってみれば、可愛さあまって憎さが百倍というところじゃないか。それとも、締めただけじゃなんとなくこころもとなかったもんで、ぐさりとひと突き、致命傷のつもりかなんかでお見舞いしたのかもしれんな」

吉岡医師も神尾警部補と同じようなことをいっている。

「先生」

そのとき、そばから遠慮がちに口をはさんだのは金田一耕助である。

「心臓がえぐられたのは、死後どのくらいたってからのことでしょうかねえ。犯行のすぐそのあとだったでしょうか」

吉岡医師はびっくりしたように金田一耕助を振り返ると、ボーイ姿の頭のてっぺんから足のつまさきまで、うさん臭そうに見上げ見下ろししながら、

「いや、直後じゃあるまいね。直後だったら、もう少し多量に出血しているだろう。この傷口のもようから判断すると、少なくとも犯行後、数分たってからのように思われるが……しかし、それも綿密な試験をしてみなければ、はっきりしたことはいえんがね」

「それじゃ、先生」

と、神尾警部補がいくらか息をはずませて、

「締め殺した犯人と、心臓をえぐったやつと、違う人間であるという場合も考えられないことはないわけですね」

「いやあ、わしゃ何も考えやあせんよ。君たちの捜査方針に先入観みたいなものを植え付けちゃいかんからね。ただ、心臓をえぐられたのは、締め殺されてから数分後であったろうという医学的所見を申し述べたまでのことでね」

「それじゃ、先生」

と、金田一耕助がまたひかえめに質問を切りだした。

「ついでのことにもうひとつ、医学的所見をお漏らしねがいたいんですが」

「どういうこと？」

「事を行なった形跡があるということですが、それはたしかに生前なんでしょうね。まさか、死後犯されたというような形跡は……？」

「いや、それはもちろん生前だよ。そうとう猛烈にやっとるね。相手はどういう男か知らんが、そうとうタフなやつにゃちがいないね。うっふっふ」

医者だってやっぱり人間である。にやにやしながら答えたが、さて、そのあとで、不思議そうに神尾捜査主任を振り返った。

「ときに、神尾君、このボーイさんは……？」

「ああ、そうそう、ご紹介いたしましょう。こちら有名なかたなんです」

と、神尾警部補が紹介すると、相手も名前を知っていたとみえて、好奇心にかがやく視線を金田一耕助のほうへ振り向けた。

「これは、これは……お名前はかねがねうけたまわっておりました。こいつは楽しみですな。ひとつ、お手並み拝見といきたいものです」

と、べつに皮肉な意味ではなしに、白い歯を出してにやりと笑った。

「やあ、どうも」

と、金田一耕助はてれくさそうににやにやしながら、

「ときに、先生、心臓をえぐった凶器がまだ発見されていないんですが、だいたいどういう種類の刃物か、それについて何かご意見はありませんか」

「さあ……」

と、吉岡医師はちょっと小首をかしげて、

「特別に変わった刃物でもないでしょう。片刃のナイフ……ほら、そこにリンゴをむいた跡があるが、それに使われた果物ナイフのような種類のものじゃありませんか」

金田一耕助もさっきから気がついていた。そこは寝室とドアひとつへだてた居間なのだが、この居間のなかには豪勢なイス、テーブルのほかに、小さな茶卓がひとつそなえつけてあり、茶卓を囲んでふたつのイスが向き合っている。

だれかが……すなわちふたりの人物が向かい合って話をしていたかのように……。

そして、その茶卓の上には豪奢なカットグラスの鉢（はち）のなかにリンゴが山盛りに盛ってあり、果物皿がふたつ、そして、リンゴの芯（しん）がふたつと、むき捨てられた皮がちらかっている。あきらかに、ふたりの人物がさし向かいで、リンゴを食べていたのである。

神尾警部補と金田一耕助、それから吉岡医師もてつだって、茶卓のまわりや居間のなかを調べたが、果物ナイフはどこからも発見されなかった。

「ありませんね」

「ありませんな」

「そうすると、先生、この果物ナイフが心臓をえぐるのに使用された……と考えてもよろしいでしょうな」

神尾警部補が質問すると、

「いや、そんな仮説を立てるまえに、現物を探し出すことですな」

と、吉岡医師がにべもない調子で答えた。

そのとき、寝室へ通ずるドアの向こうがわから坂口刑事が顔を出して、当惑したような声をかけてきた。

「主任さん、ちょっと」

「え、なに？　坂口君、何か見つかった？」

「いえ、それが反対に見つからんのです」

「見つからんとは、何が……？」

「おかしいんです。被害者の上着がどこにも見当たらんのです」

「被害者の上着がない……？」

寝室のほうへいきかける神尾主任の後ろから、

「それじゃ、神尾君、仮調書は署のほうへ届けておく。死体は至急、病院のほうへ運んでおいてくれたまえ」

と、声をかけておいて、

「それじゃ、金田一先生、ご成功を祈ります」

と、にやりと笑ってかるく会釈をすると、吉岡医師は往診カバンをこわきにかかえて、せかせかと部屋から出ていった。

金田一耕助が神尾主任のあとにつづいて寝室のなかへ入っていくと、

「金田一先生、被害者はゆうべ、上に何を着ていたんですか」

「上着が見えないんですか」

「ええ、念のためにあちらの居間のほうも探してみますが、少なくともこの寝室のなかには見当たらないんです」

さっきもいったとおり、ベッドの上にはガウンやパジャマがちらかっていたが、上着らしいものはどこにもなかった。

「妙ですねえ。どうして上着が見当たらないのか……そうですねえ、思い出してみましょう」

と、金田一耕助はもじゃもじゃ頭の小首をかしげて、

「たしか、紺に赤の縞（しま）の入った毛糸のセーターでしたよ。ええ、そう間違いはありません。こういう豪奢なホールのパーティとしちゃ、案外無造作なスタイルだなと思ったもんですから、よく覚えているんです。そのセーターがないんですか？」

「ええ、どこにもないんです。居間のほうで見ませんでしたか？」

金田一耕助と神尾警部補は、いままで居間にいたのだけれど、セーターの存在には気がつかなかった。どこにもセーターらしきものはなかったようだ。

「坂口君、とにかくセーターを探してみたまえ。紺地に赤の縞の入ったセーター……金田一先生、そうでしたね」

「ええ、そう」

坂口刑事が居間のほうへ出ていくのを見送って、

「ねえ、金田一先生、セーターだけが紛失しているというのはおかしい。ひょっとすると、そのなかにダイヤかなんかが縫いこんであったというわけじゃないでしょうかね。密輸ダイヤかなんかが……そいつを盗むのが目的で……」

神尾主任は真顔である。

「あっはっは、それじゃまるで外国の探偵小説みたいじゃありませんか。それも三文探偵小説というところですね」

と、金田一耕助は思わず失笑した。

しかし、笑ったものの、金田一耕助にもセーター紛失の理由はわからない。犯人はなんのために被害者のセーターを持っていったのか。いま、神尾主任がいったように、そこには何か貴重なものが編みこまれていたのであろうか……。

「金田一先生、死体が最初に発見されたとき、この窓はこうして、内部からしまりがしてあったんですか」

神尾警部補の質問に、金田一耕助はふと瞑想をやぶられた眼をあげた。

「ええ、窓はたしかに内部からしまりがしてありました。ぼく、ここで殺人があったと知ると、反射的に窓のほうへ眼をやったんです。この寝室へ侵入するには、廊下のドアとその窓しか入口はないわけですからね」

その窓は内側からしまりがしてあり、豪奢なカーテンが垂れている。そのカーテンの隙間から、しらじら明けの朝の光がしのびこんできて、そのために、ベッドのまくらもとにある電気スタンドの灯が、しだいにそのかがやきを失いつつあった。

「窓……さわってもいいね」

「ええ、大丈夫、もう指紋はとりました」

鑑識課員が答えるのを待って、神尾主任は注意ぶかくカーテンをしぼった。

この窓には、観音開きの鎧戸があるだけで、格子ははまっていなかった。神尾警部補がまずガラス戸を開き、ついで観音開きの鎧戸を左右に開くと、そのとたん、さっと流れこんできたさわやかな朝の冷気に、金田一耕助は首をすくめて、思わずふたつ……つくしゃみをした。

寝不足のいささか熱っぽくなっている頭に、朝の潮風はさわやかだったけれど、それだけに刺激もつよすぎたのである。

窓の外はすぐ海で、水平線のかなたから、しだいに白みかけている。港に停泊した船もまだはっきりと夜の眠りからさめきらないのか、水面にひっそりと巨体をよこたえていて、どこにもまだ活発な生活の息吹は感じられなかった。

窓から首を出してみると、ちょうど退潮時とみえて、石垣の下にそうとうのひろい泥濘(でいねい)の帯が、石垣のふもとをふちどるようにながながとつづいている。

この臨海荘は、本牧の海の崖(がけ)すれすれに建っているのである。

「金田一先生はこの臨海荘へはたびたび……?」

「いいえ、きのうはじめてやってきたんです」

「どういうご用件で……?」

「いや、それはいずれあとでお話いたしましょう」

神尾警部補は怪しむような視線で金田一耕助の横顔を見つめていたが、すぐその視線を窓外にそらすと、

「この下に見えている石垣ですがね、満潮時にはすっかりあれが水につかってしまうんです。だから、夜、海のほうからこちらを見ると、とてもきれいなんですよ。水の上に火影が映って、ちょっとした不夜城です」

神尾警部補はひとりごとのようにそんなことをいいながら、ぼんやりと海のほうに眼をやっている。

金田一耕助もそれにならんで石垣の下を見ていたが、急に、

「おや」

と、小声で呟いて身を乗り出した。

「金田一先生、な、何か……」

「主任さん、主任さん」

と、金田一耕助はちょっと呼吸をみだして、

「あれ、ナイフじゃありませんか。ほら、泥のなかに突っ立ってるの……」

「なに、ナイフ……」

と、警部補も目がさめたような顔をして、金田一耕助の指さすほうに瞳をすえたが、すぐ部屋のなかを振り返ると、

「おい、だれかこの下の砂浜へいってナイフを拾ってこい。それから、ついでに、ほかにもこの部屋と関係のありそうなものが見つからないか、注意して探すんだ」

言下に、青木刑事ともうひとり、ばらばらと居間から外へ飛び出していった。

「金田一先生、あそこに突っ立ってるのが凶器だとしたら、だれかがこの寝室の窓を一度開いたということになりますね」

警部補はもう一度黒い泥のなかに突っ立って、にぶい銀光を発しているそのものに目をやりながら、少なからず興奮している。目の下の泥のなかに突っ立っているのは、まさしく果物ナイフらしいのである。

「そういうことになりますね。だれかが一度この窓を開いて、あとからまたこれを締めておいたということになりますね」

「どうしてそんなことをするんです。なぜ、窓を開けっぱなしにしておいちゃいけないんです。なぜ……なぜ……？」

警部補の声の響きには、どこか突っかかるような調子がある。

「さあ、それはぼくにもわかりません。そこに深い意味があるのか……それとも……」

「それとも……？」

「人間って、ときどき、自分でもわけのわからん行動をとることがあるもんですからね。なんとなく無意識に閉めたのか……それとも……」

神尾警部補はその意味を捕捉(ほそく)しようとして、金田一耕助の顔を凝視していたが、やが

てあきらめたようにかるく肩をゆすると、

「ときに、金田一先生、いままで聞きもらしていましたが、いったいだれがこの事件を発見したんですか」

「ああ、そうそう」

と、金田一耕助も思い出したように、

「さっきあなたが太田さんと呼んでた人物……あのひとなんですよ」

「ああ、高杉商会の専務ですね。太田寅蔵というんです」

「ああ、なるほど。それから、もうひとり、京子という名の婦人……このふたりが発見したんですが、あの京子というのは……？」

「ああ、その女なら……」

と、後ろで聞いていた坂口刑事が口を出した。

「千姫さん……いや、被害者のおやじ、つまり、亡くなった高杉商会の社長の妾だった女ですよ。名字はたしか葛城といって、妾だった時分から、住まいは東京のほうなんですが、ちょくちょくこっちへ遊びにくるんですね」

「なるほど」

と、警部補は刑事の説明の終わるのを待って、

「それで、それ……死体の発見されたのは何時ごろのことなんですか」

「きっちり四時半でしたね。つまり、このひとが部屋へ閉じこもったきり、あまり外へ

出てこないので、太田氏と京子女史のふたりが様子を見にきたんですね。そのとき、カギもかかっていなかったので、ふたりがなかへはいってみたところがこのていたらくで、京子という婦人が気違いみたいになってホールへ知らせてきたんです」

「そこで、大勢どやどやとこの部屋へ乱入したんですか」

「いや、幸い、ぼくが先頭に立っていたので、そこのドア……居間と寝室のあいだのドアのところから、ひとめこの場の様子を見ると、急いでみんなを廊下の外へ追い出してしまったんです」

「すると、太田氏と京子という婦人のふたりは、この寝室へ入ったんでしょうねえ」

「さあ、それは……ぼくが先頭に立って駆けつけてきたときには、太田氏もそこのドアのところに立っていましたよ……ああ、向こうから刑事さんがやってきたようです」

窓から下をのぞいていると、向こうの石垣の角をまがって、青木刑事ともうひとりがこちらのほうへやってきた。ふたりともはだしになって、膝のところまでズボンをたくし上げている。

ふたりが足を運ぶにしたがって、すっかり潮のひいた石垣の下の泥のうえに、くっきりと足跡が刻まれていく。

「主任さん、ナイフ、どこですかあ？」

「ああ、宮田君、そこ……ほら、その大きな石の陰……」

「ああ、これ」

宮田刑事はすぐに目的のものにたどりついた。石の陰の泥の上から抜きとったものは、まぎれもなく果物ナイフのようであった。

「ナイフだなあ」

上から神尾警部補が大声で怒鳴りつける。

「ナイフですよ。果物の皮をむくのに使うやつ……どっぷりと血がついてます」

と、下から宮田刑事も怒鳴り返した。

「ようし、すぐにこっちへもってきてくれ。それから、もうひとりそこにいるのはだれだあ。ああ、青木君だな。君はもっとそのへんを調べてみろ。何かほかにも証拠になるようなものが発見されるかもしれんからな」

「承知しました」

「ああ、青木君、青木君」

と、警部補のそばから首をつきだして怒鳴るのは坂口刑事である。

「どこかそのへんに、被害者のセーターが落ちていないか探してくれたまえ」

「バカいえ」

と、下から青木刑事が怒鳴りかえした。

「セーターがそこから投げ落とされたとしたら、ひき潮に乗って、とっくの昔に沖へもっていかれてしまってらあ」

「いや、青木君、念のためにセーターも探してみたまえ。いうまでもないことだけれど、だれもその石垣の下へ近づけるな」

「はっ、承知しました」

それだけ命令しておいて、神尾警部補は窓のそばから離れると、金田一耕助に向かってさっきの質問のつづきである。

「ときに、金田一先生、被害者がどういう男とこの部屋へしけこんだか、あなたご記憶じゃありませんか」

「ああ、いや、それならよく覚えておりますよ」

と、金田一耕助も窓のそばから離れると、

「首まである真っ白なセーターを着た男でした。マスクをつけていたので、顔はよく見えなかったんですが、体の格好からいって、二十五、六というところじゃなかったかな。背はそう高くはなかったですね。しかし、腕の太い、日焼けした、たくましい体をした男で、ちょっとこのパーティとは似つかぬタイプでした。そうそう、マドロス・パイプを手にしていました」

神尾警部補が目くばせをすると、すぐに坂口刑事が部屋から飛び出していった。もちろん、白いセーターの男を探しにいったのである。

「それで、その男と被害者のふたりが、この部屋へ入ったのは何時ごろでした？」

「ホールを出ていったのは、きっちり一時半でしたね。ぼくはちょうどホールから廊下へ入る入口のところに立っていたので、ふたりが手をたずさえてこの部屋へ入るのを見送っていたんですよ」

「なるほど。ところで、吉岡先生のさっきの意見では、犯行は十時から十一時半までのあいだということになっておりますから、ふたりがここへしけこんでから、一時間半ないし二時間ほど後ということになりますね」

「それだけの時間があれば、千姫もたっぷり男とふざけられたことでしょうよ」

部屋の外からもどってきた坂口刑事が、吐き出すように呟いた。

「つまらんことをいうな」

と、神尾警部補はかるく部下をたしなめておいて、

「それじゃ、金田一先生、その白いセーターの男が怪しい、つまり犯人だということになるんでしょうか」

「さあ……そういえば、さっきここへ押しよせてきたお客さんのなかに、白いセーターの男は見えませんでしたね」

「いまもホールに、白いセーターの男はいませんよ」

と、坂口刑事がそばから口をはさんで、

「しかし、そいつが犯人だとしたら、もはやこの家のなかにはいますまいな。とっくの昔にずらかってますぜ」

「そういうことも考えられますね」

金田一耕助がぼんやりともじゃもじゃ頭をかきまわしているのは、白いセーターの男

をもっとよく思い出そうとしているのである。

そこへ宮田刑事がもどってきたので、一同は寝室から居間のほうへ出ていった。

「主任さん、これですがね」

宮田刑事がハンカチにのっけて差し出したものをのぞいてみると、それはたしかに果物ナイフである。

刃渡りいちめん、どすぐろい血に染まっているところをみると、あきらかに、こんどの事件で凶器として使用されたものに違いないが、きっさきがほんのちょっぴり欠けていて、しかも、その欠け目がピカピカ光っているところをみると、ごく最近折れたに違いない。

金田一耕助は近々とその果物ナイフに眼を近づけてみて、

「これ、潮につかっているようには見えませんね」

「そりゃあ、そうですよ、金田一先生」

と、宮田刑事は金田一耕助の無知をあわれむように、

「だって、犯行のあったのはけさの三時から三時半までのあいだだっていうんでしょう。その時分にゃもう潮はひいちまってまさあ。だから、こいつが窓から下へ投げすてられたときにゃ、石垣の下にゃもう海水はなかったはずです」

「あっ、そうか」

と、そばから奇妙な声を張り上げたのは坂口刑事である。

「そうすると、青木のやつ、セーターは沖へもっていかれたなどといっていたが、そんなことはありえないわけだな」

「青木はなんにも知らないから、そんなバカなことをいうんだ。嘘だと思うんなら、気象台へでもなんでも聞いてみな。近ごろのひき潮はいつごろからはじまるかって。ただし、吉岡のおやじさんが間違ってて、犯行の時刻がもっとはやけりゃ話はべつだが……」

「いや、金田一先生がごらんになったところじゃ、被害者が男といっしょにこの部屋へひけたのが一時半だったという。それからたっぷり男とふざけちらしたあとで殺されてるんだから、犯行の時刻はやっぱり三時から三時半までのあいだだろう。そのあいだに潮がすっかりひいちまってるとすると……いけねえ、いけねえ。そうすると、被害者のセーターはやっぱりまだこの家のなかにあるんだ、畜生ッ！」

「しかし、犯人がそのセーターを持っていったとすると……」

「なぜ？　犯人がなぜ被害者のセーターを持っていったんだ」

「だからさ、そのセーターに何か金めのものが縫いこんであったのさ」

宮田刑事も警部補と同じようなことをいっている。

そこはまえにもいったとおり居間になっており、豪奢な化粧台や洋服ダンスがおいてある。坂口刑事は宮田刑事の説を信用しないのか、まるで獰猛な野獣が獲物に飛びつくように、洋服ダンスに飛びついて、なかの衣類をひっかきまわしている。その洋服ダンスは、一間くらいある豪勢なもので、毛皮のオーバーなどがたくさんぶらさがっていた。

金田一耕助はしばらくその様子をながめていたが、やがてその視線を居間の一隅にある小さな茶卓の上に落とした。

まえにもいったように、そこには豪奢なカット・グラスの鉢のなかにリンゴがたくさん盛ってあり、果物皿がふたつ、それにリンゴの皮や芯がちらかっている。あきらかに、ふたりの人物がさし向かいでリンゴを食べていたのである。

「ねえ、主任さん」

と、金田一耕助は悩ましげな眼で茶卓の上を見ながら、

「ぼくにはこれが不思議でしかたがないんですよ」

と、呟くようにぼそりといった。

「不思議とは……?」

「ゆうべこの居間へ男と女が入ってきた。なんのために……? その目的は主任さんも知っていられるようなあのことです。そういう場合、事を急ぐのがほんとうではないでしょうか。なにをおいてもベッド・ルームへというのが、あの被害者の日ごろからのやりくちとしてふつうだと思われるんですがねえ。それも、これが酒ならば、まあ一杯飲んでからということも考えられますが、リンゴというのはね、ちとおかしいと思うんです。あの事を行なうまえに、ちょっと、リンゴを食べましょうよというのは、どうでしょうかねえ。もっとも、この皮や芯は、そのまえからここにあったのかもしれませんが……」

「それは女中か婆やに聞けばわかるでしょう。あとで女中にでも聞いてみましょう。しかし、先生、ゆうべ被害者と白いセーターの男のふたりが、ベッド・ルームへいくまえにこれを食べたとしたら……いけねえかな」

「いや、いけないということはありませんが、ゆうべのようなパーティの、ここへしけこんだふたりの男女の行動としては、なんとなく腑に落ちないものを感じるんです。これがウイスキーだとか、ビールだったとしたら、まだうなずけないこともないのだが、リンゴとはねえ、ふたりでムシャムシャ食べたというのはねえ……」

スズメの巣のようなもじゃもじゃ頭に五本の指を突っこんで、金田一耕助が当惑したように小首をかしげているところへ、寝室のほうから刑事がひとり顔を出した。

「主任さん。木村君。ちょっと」

「あっ、木村君、何か……？」

何かしら意味ありげな木村刑事の顔色に、ふたりが寝室へ入っていくと、

「ちょっと、これ……」

と、刑事は床の上を指さした。

金田一耕助と神尾警部補は、指さされるままに真っ赤な絨緞に眼を落としたが、そこには例の血だまりがあるだけで、べつに変わったところも見られない。

「木村君、ど、どうしたんだ。何を君はいってるんだ」

「いや、さっき金田一先生がおっしゃった保護色の問題ですよ。ちょっと見たところで

はわかりませんが、ほら、こうして……」

と、木村刑事は床の上に四つんばいになると、ほっぺたもすりつかんばかりにして、血だまりをすかしている。

「床をすかしてみてください。これ、何かを引きずって偶然こうなったんでしょうか。それとも、だれかが……被害者かなんかが故意に書き残したんじゃ……」

金田一耕助と神尾警部補も、木村刑事のまねをして、床の絨緞にほっぺたをすりつけてみた。そして、血だまりの周囲の絨緞の上をすかしてみていたが、突然、ふたりともぎょっとしたように息をのんだ。

それはミミズののたくったような跡だったが、あきらかに赤い絨緞の上に血で書き残されているのは、

――トラ……

という二文字であった。

「トラ……太田寅蔵……」

神尾警部補と木村刑事は思わずぎょっと顔見合わせていたが、そのとき、金田一耕助は、もうひとつ床の絨緞に印象的なある痕跡(こんせき)を発見して、おやというふうに小首をかしげた。

絨緞の繊維が深いので、よほど注意しなければわからないのだが、そこらじゅう一面に、何か鋭いものでひっかきまわしでもしたような、小さな傷が残っているのである。

それはあの血だまりから少し離れたところであった。

聞き取り

もう夜はすっかり明けはなれている。

臨海荘の外部ではさわやかな朝の空気が流れ、港ではそろそろその日の活動がはじまろうとしている。

しかし、ひとたび臨海荘の内部に目を転じると、そこをおおうているものは、不健全な享楽からくるふやけたような倦怠の気と、突如として持ち上がった惨事からくる戦慄とのいりまじった、一種異様な重っくるしい空気である。

係官はいずれもものものしい顔をして、臨海荘の内部を隅から隅まで調べてまわった。しかし、午前八時現在では、白いセーターを着た男はとうとう発見されなかった。ゆうべの客のうちからただひとり、白いセーターの男が姿を消しているのである。

神尾警部補は署へ連絡して、そのほうの手配を依頼するいっぽう、ホールの隅にしつらえられた臨時の調べ室へひとりひとり呼びよせて、いよいよこれから聞き取りという段取りである。

残りの連中は、ジャズ・バンドのメンバーもふくめて、ホールのずうっと向こうのほうに、ひとかたまりになっている。このほうが、聞き取りをするあいだも、彼らの顔色を観察するのに好都合だというわけである。

金田一耕助はさっきから、ただなんとなく彼らのあいだを歩きまわって、おおいに一同を気味悪がらせていたが、いよいよ聞き取りがはじまりそうになると、神尾警部補のすぐそばに陣取って、いよいよ一同を気味悪がらせた。

ちなみに、白いセーターを着た男のほかに欠けているものはひとりもなく、いずれも不安と恐怖と屈辱に、そそけだったような顔を硬直させていた。

さて、まずいちばんに呼びよせられたのは、死体発見者のひとり太田寅蔵である。

「太田さん、日ごろのよしみはよしみとして、きょうは遠慮のない質問をしますから、どうぞそのおつもりで……」

と、神尾警部補はまず一本釘をさしておいて、

「それでは、まずいちばんにお訊ねしたいんですが、あなたはどうして被害者を呼びにいったんですか。まだ男といっしょに寝ているかもしれない婦人を……」

「いや、そのことですがな」

と、太田寅蔵は気になるように金田一耕助の顔を横眼で見ながら、居心地が悪そうに空咳をしている。

額がそうとうはげあがり、ビヤだるのように腹の突き出した男だが、ずんぐりとしたその体と色つやは、いやらしいほどの精力を感じさせる。

「あのひと……高杉奈々子というひとをよくご存知ないかたには、そのご不審もごもっ

ともです。しかし、あのひとをよく知っているわれわれにとっては、一時半ごろ部屋へさがって、四時半ごろまで出てこないということが不思議でならなかったんです。というのは……」

と、さすがに太田もいくらか口ごもったのち、くすぐったそうな笑いをうかべて、

「いや、何もかも正直に申し上げてしまいましょう。隠したってはじまらない。ゆうべの会がどういう会だか、みなさんもよくご存知なんだから……つまり、その、なんですな、あのひと、とてもあのほうの達者なひとで……これも、もうあなたがたのお耳に入っておりましょうが……それで、こういうパーティの晩、ひとりの男で満足するようなことはまずなかった。ひとりの男と事をすますと、また部屋から飛び出してきて、とっかえ、ひっかえ……というほどではないにしても、とにかく、ほかの男を物色にホールへ出てくるのがふつうなんです。それが、けさは、もうそろそろ夜が明けようというのに、いっこう姿を見せないもんだから、いったいどうしたんだろうと、ひやかし半分、陣中見舞いと出かけたわけです」

「葛城京子さんを誘ったのは……?」

「いや、これはわたしがいいだしたんじゃなく、そのときホールにいあわせた連中の総意で、わたしとお京さんが代表に選ばれたというわけですな」

「なるほど、それじゃもうひとつお聞きしますが、あなた、けさの…時から…時半ごろまでどこにいましたか」

「三時から三時半まで……？　さあてな」

と、太田寅蔵は子細らしく首をかしげると、

「そう正確におっしゃられても困るが、その時刻なら、わたしはここに……このホールのなかにいたでしょうな」

「あなた、ゆうべお部屋へは……？」

「ええ、それは一度さがりましたよ。そうそう、ちょうど奈々ちゃんといっしょでした。奈々ちゃんと白いセーターを着た男が、ここを出ていくのとほとんど同時だったんです。わたしらのほうが二、三歩さきというところでしたな」

神尾警部補は金田一耕助の目配せをうけてうなずくと、

「ああ、そう、その白いセーターを着た男についてはあとでお訊ねいたしますが、あなたの当てがわれていた部屋は……？」

「奈々ちゃんの部屋から三つめの、しかし、廊下の反対がわの部屋、つまり、海のほうじゃなく、中庭に面した部屋でしたな」

「それで……？」

「はあ、あの、そこでさるご婦人と一時間ほど過ごして、それからまたここへ出てきたんです。わたしゃまあ、奈々ちゃんと違って、もうこの年齢ですからな。ああいうこと、一度でたくさんですからな。あっはっは」

と、てれくささを野卑な笑い声でごまかすと、

「それで、明け方までここで飲んだり、食ったり、踊ったりするつもりだったんです。なにしろ、断りなしに帰ると、あとで奈々ちゃんのご機嫌が悪いもんですからな」

「それで、あなたとごいっしょに過ごしたというご婦人は……？」

「いやあ、それはまあ勘弁してください。こんな事件に絶対関係ないと思いますからね。それに……おお、そうそう、ひょっとするとこのボーイ君が知っているんじゃないか。ねえ、神尾君、いったい、このボーイさんはどういうひとなんだね」

「いや、そんなことはどうでもよろしいが……」

と、神尾警部補は向こうにたむろしている一群の男女のほうへ眼を走らせる。

金田一耕助もちらっとそのほうへ眼をやったが、すぐに視線をほかへそらすと、おもわずぎごちない空咳をした。ゆうべ太田寅蔵君とベッドをともにしたあの脂肪の塊夫人は、まるで怒れる雌獅子のような顔をして、こちらを睥睨しているのである。

「いやあ」

と、神尾警部補もそれと察しがついたのか、かえって自分のほうが赤くなりそうな顔を太田寅蔵のほうへ向けなおした。

「それはまあそれとして、太田さん、あなた、けさあの部屋……つまり、被害者の横たわっていた寝室へ入っていきましたか」

「もちろん、それは入っていきましたよ。入らなければ殺されてるってことがわからないじゃありませんか」

「ああ、ちょっと」

　と、そのとき、金田一耕助がそばから口をはさんだ。

「そのとき、廊下のドアにも、寝室のドアにも、カギがかかっていなかったと、あなたはさっきおっしゃってましたね。しかし、そのとき、明かりはどうだったんです。ふたつの部屋の……？　ついてましたか、消えてましたか？」

　太田寅蔵は獰猛な面構えをして、真正面から金田一耕助の顔をにらんでいたが、やがて憤然たる顔色を神尾警部補のほうへ向けると、

「神尾さん、いったいこの男は何者です。なんの権利があって……」

「まあ、まあ、いいから、いいから」

　と、神尾警部補はなだめるように、

「答えてあげてください。電気はついていましたか、消えていましたか」

「それは消えていましたよ。居間のほうも、寝室のほうも……ふたつともわたしがこの手でスイッチをひねったんですからね。そうそう、ベッドのそばにある電気スタンドも、わたしがスイッチをいれたんです」

　太田寅蔵君はこの男、ちょこざい千万なりとばかりに金田一耕助にたいする反感を露骨にみせて、わざとぶっきらぼうにいってのけた。

「電気は消えていたんですね。それだのに、ドアにカギはかかっていなかった……」

　と、金田一耕助は自分で自分にいって聞かせるように呟いている。

なぜだろう……？

犯人が人殺しをした場合、できるだけ犯行の発見をおくらせるようにするのがふつうではあるまいか。そのためにこそ、犯人はふたつの部屋の電気を消していったに違いない。それだのに、なぜドアにカギをかけていかなかったのだろう。犯人にはカギのありかがわからなかったのだろうか。

いや、そのカギはいまどこにあるのだろう。白いセーターの男が持ち去ったのだろうか。

あのふたつの部屋には、カギがどこにも見当たらなかった……。

「ああ、いや、し、失礼しました」

金田一耕助は、一同が黙って自分の顔を注視しているのに気がつくと、あわててペコリと頭をさげて、

「主任さん、どうぞ質問をおつづけになって」

「ああ、いや、そうそう」

と、神尾警部補もちょっとあわをくったように、

「それじゃ、太田さんにお訊ねしますが、あなた、あの部屋にあった品物に、手を触れやあしなかったでしょうねえ」

「ええと……ドアの取っ手や電気のスイッチ以外にはね」

「被害者の着ていたセーターをご存知じゃありませんか」

「さあ」

と、寅蔵君は首をかしげて、

「よく覚えておりませんねえ。なんだか黒っぽい色だったように思うが……セーターがどうかしましたか」

白ばっくれてとぼけているのか、それともじっさいにセーターの紛失について知らないのか、太田は不思議そうな顔色である。

「ああ、いや、じつはそのことではなく……」

と、神尾警部補はセーターの紛失について話しかけたが、金田一耕助の視線に気がつくと、急に言葉をひるがえした。

「いや、あの、太田さん、ところで、こんどのこの兇行の動機ですがね。高杉奈々子さんの殺害された理由ですが、あなたのお考えはどうですか」

「さあ、それはやっぱり痴情関係でしょうな。すこし度がすぎたようだから……」

さすがに寅蔵君も憮然としている。

「それで、犯人についてお心当たりは……？」

「ありませんな。それを調査するのがあなたがたの役目じゃありませんか」

「ああ、いや、ごもっともで……それじゃ、最後にもうひとつお訊ねいたしますが、ゆうべ、被害者とベッドをともにしたと思われる白いセーターの男のことですがね。それについてあんたなにかお心当たりは……？」

「いや、それなんですがね」

太田は急にいきいきとした目つきになり、言葉の調子も活発になってきた。

「警察のほうで白いセーターを着た男が問題になってるらしいとわかったので、向こうでみんなと話し合ってみたんだが、だれもその男を知っているものがいないんですな。そりゃ、マスクはつけていました。しかし、マスクをつけていてもみなおなじみさんならわかるんです。どこのだれと知っていなくても、ああ、あの男だなと見当ぐらいつきます。しかも、ゆうべ奈々ちゃんをいちばんに獲得した幸運児なんだから、いったいどういうやつだろうと、事件発見以前から問題になっていたんです。つまり、わたしとお京さんが部屋をのぞきにいってみたのも、その男にたいするやきもちも手伝っていたくらいですからな。ところが、驚いたことには、だれもそれを知っているものはいないんだな。ゆうべはじめてやってきた男らしいんですって」

「新会員はどういうふうにして……？」

金田一耕助がそばから訊ねた。

「そりゃ、奈々ちゃんと、それから、向こうにいる越智商会の主人の越智君、それとわたしと三人で選考することになってるんだが、奈々ちゃんひとりで許可する場合もあります。何しろ、ここは奈々ちゃんの家だから……」

「そうすると、奈々子さんはまえから白いセーターの男を知っていたらしい、ということになるんですね」

金田一耕助が念をおした。

「はあ、そうじゃないかと越智君とも話したんですが、しかし、いままでだとそういう場合、あらかじめ話がありますし、また、会のはじめに新入会員として紹介もするんです。むろん、身分姓名は発表しませんがね。それがゆうべはなかったので……」

それから、あと二、三、神尾警部補の質問があったが、それはたいして重要なことでもないから、ここには省略することにしよう。

カ　ギ

太田寅蔵につづいて臨時調べ室に呼び出されたのは、いうまでもなく、死体発見者のひとりである葛城京子だった。

京子はつとめて落ち着こうとしているようだったが、その目はすごくつり上がって、頰も唇もそそけだったような土色をしている。それはかならずしも、ゆうべの不健全な享楽のせいばかりではなかったであろう。

さて、京子の答えだが、それは完全に太田寅蔵の申し立てと一致していた。明け方ごろまで奈々子が部屋から出てこないのと、白いセーターの男というのをだれも知っていなかったというところから、太田と京子が選抜されて、四時半ごろ様子を見にいったというのである。

「そのとき、居間のほうも寝室のほうも、カギはかかっていなかったが、どちらの部屋も明かりは消えていたとか……」

こんどは金田一耕助に先手をうって、神尾警部補がぬかりなく質問した。

「はあ、あの、そういえばそうでした。太田さんがいちいちスイッチをおひねりになったのを覚えてますから」

「それで、あなたはあの寝室へお入りになりましたか」

「はあ、あの……一歩か二歩、足を踏み入れたかもしれません。しかし、ベッドの上のあの姿がすぐ目に入りましたし、それに太田さんが、死んでいる、殺されている……はやくひとを呼んでこい……と、なんだかそんなふうに怒鳴られたものですから、あたしもすっかりびっくりしてしまって、あわててあそこを飛び出して、ホールのほうへいったんです」

「そのあいだ、何かにお触りになったりしなかったですか」

「さあ……それはよく覚えておりません。何しろ、あんまりびっくりしてしまったものですから……」

「いや、いや、わたしが申し上げているのはそのことではなく、なにかを持ち出したりなさりはしなかったかと……」

「とんでもございません。そんなことは絶対に！」

いくぶん、むっとしたような色をみせて、京子は語尾に力を入れた。

奈々子の父に愛されたというこの女は、たしかに美人に違いないが、全体にからだの線がひどくくずれた感じのするのは、ゆうべの享楽のせいばかりではなさそうだ。この女、月一回というこの無軌道なパーティ以外にも、そうとうすさんだ生活をしているのではあるまいかと、金田一耕助はそれとなく観察している。

「ところで、問題の白いセーターの男ですがね、あなたはその男の顔をごらんになりましたか。いや、どうせマスクをかけていたのだから、はっきりとは見えなかったとしても、何かこう、お心当たりはありませんか」

「いえ、あの、それが……」

神尾警部補のその質問にたいして、京子は真っ赤に頰を染めながら、金田一耕助のほうへ、いどむような視線を向けた。

「ここにいらっしゃるかたがご存知じゃないかと思うんですけれど、奈々子さんとそのひとがいっしょにここを出ていったときには、あたしはもうここにいなかったものですから……」

「ああ、もう部屋へさがっていたんですか」

「はあ……」

京子の声は消え入りそうである。

「どなたと……？」

「はあ、あの、向こうのいちばん右の端に立っていらっしゃる、背の高い、紺のダブルをお召しになったかた……」

「あのひと、どういうひとですか」

「はあ、なんでも越智商会のご主人で越智悦郎さんとおっしゃるかたです。さっきはじめて知ったんですけれど……」

「さっきはじめて知ったとおっしゃると、いままでご存知なかったんですか」

金田一耕助がそばから訊いた。

「いいえ、あの、それはお名前も存じておりましたし、ゆうべのような会でちょくちょくお目にかかってはおりましたけれど、親しい……つまり、ああいうおつきあいができたのは、ゆうべはじめてだと申し上げましたので……」

京子が頰を真っ赤に染めているのを流し目で見て、

「ああ、なるほど」

と、金田一耕助は、それきり興味を失ったように、質問を神尾警部補にゆだねた。

「それで、あなたがたは何時ごろまで部屋にいたんですか」

「さあ、三時ごろまでじゃなかったでしょうか。このホールへ出てきたら、三時ちょっと過ぎでしたから」

「越智さんもごいっしょに……？」

「はあ、それはもちろんでございます」

「それから、ずうっとこちらにいたんですか」

「はあ」

「越智さんも」

「はあ、いらしたと思います。ホールへくるとべつべつになりましたけれど。あのかたは太田さんやなんかのグループへいらしたようです」

「ところで、あなたがたのお部屋は……？」

「廊下のいちばん奥で……」

「庭のほう？　海のほう？」

と、これは金田一耕助の質問である。

「はあ、海に面したほうで……」

「すると、事件のあった部屋からどのくらい？」

「さあ、五つめくらいになるんじゃないでしょうか」

金田一耕助はそこでまた神尾警部補に目くばせをして、質問のバトンを渡した。

「ところで……」

と、神尾警部補は身を乗り出して、

「あなた、ゆうべ奈々子さんが着ていたセーターを覚えていますか」

「まあ、セーターがどうかいたしましたか」

と、京子は不思議そうに眼を見はった。

「いや、べつにどうのこうのってわけじゃないんだが、どういう種類の、どういう柄だったかというようなこと……」

「はあ、それならばたしか」

と、京子は首をかしげて考えるふりをすると、

「紺の地に赤い線がただ一本入っていたように思いますけれど……」

それからなお二、三、神尾警部補との応答があった後、京子が聞き取りから解放されると、それにかわって呼び出されたのは越智悦郎である。

越智は年ごろ四十前後だろう。顎のあたりや鼻の下にしょぼしょぼと無精ひげがはえはじめていて、いかにも徹夜のあとらしい、ふやけて、憔悴しているような印象もあったが、いっぽう、なかなかどうして、色の浅黒い面持ちには精悍の気がみなぎっており、がっちりとしたその体軀にも、中年男の精力があふれている。

この家の女主人、高杉奈々子と、ビヤだるの元水先案内人の太田寅蔵と、この男の……人がこのパーティの三幹部らしいが、いかにも腕も腰も強そうな男である。

「いやあ、どうも……とんだことができちまって」

越智は神尾警部補と顔なじみらしく、そのまえにどっかと腰をおろすなり、自分のほうから口を切った。

「まったく、どうも驚いちまいましたよ。これですっかり悪事露見ですな。あっはっは」

「悪事とおっしゃいますと……？」

神尾警部補は鋭い眼で相手の顎のあたりをにらんでいる。いかにも意志の強そうな、

いざとなったら鋼鉄でもかみくだきそうな顎だと思った。

「いやあ、なあに、ゆうべの会のことですよ。もっとも、われわれはあれを罪悪だとは思ってなかったんですが、世間さまはなんといいますかね。男のわれわれはまだいいが、こうなるとご婦人がたがお気の毒でねえ」

「ところで、あなたはあの会の幹事だったそうですね」

「幹事……？　いや、べつにはっきりした役割はなかったんですが、奈々ちゃんの相談にはのっていました。亡くなった奈々ちゃんのおやじさんとつきあいがあったもんですからね。だから、そちらで幹事と思いたければ幹事でもけっこうです」

「ああ、なるほど」

神尾警部補はうなずいて、

「それじゃまずだいいちにお訊ねいたしますが、ゆうべはあなた葛城京子さんとごいっしょだったそうですねえ」

「はあ、あっはっは」

と、越智はとってつけたように笑うと、

「いや、じっさい素晴らしいひとときでしたよ。奈々ちゃんのおやじさんが、よっぽどうまく仕込んだんですな。ああいう女性をいままで知らずに過ごしたとは、いやはや、わたしもよっぽど目がなかったといわれてもしかたがありませんな」

「ああ、そうそう、あなたにとっては、ゆうべはじめてだったそうですね、葛城京子さんとああいうご経験は……」

　と、そばから口を出したのは金田一耕助である。越智はじろりとそのほうを見たが、太田と違って、口もとに愛想のいい笑みをたたえて、

「ええ、そう、どういうわけですかね。ついいままですれ違ってたってわけでしょうねえ。あっはっはっは、いや、どうも、失礼。それで……？」

　と、越智は相変わらず愛想のいい眼を神尾警部補のほうへ向ける。

「ああ、いや、それではお訊ねいたしますが、ゆうべ葛城君とふたりで部屋へさがったのは、一時ちょっと過ぎだったとか……」

「ええ、そう、一時ちょっと過ぎというよりも、一時半ちょっとまえといったほうが正しいんじゃないかな。そんなこと、まあ、どうでもいいといえばそれまでですが……」

「それで、三時ごろまで、葛城さんと部屋に閉じこもっていらしたんですね」

「ええ、そう、いろいろと面白かったもんですからな」

「こちらへ出てこられてからどうしました？」

「べつに……太田の寅さんやなんかといっしょに飲んでましたよ。葛城女史にすっかり脂をしぼりとられてしまったのでね。あっはっは、もう狩猟欲もなくなっちまってたんです。もっとも、奈々ちゃんがお相手してくれるんなら、もう一度くらい無理してみてもいいと思ってたんですがね。あのひとは特別だから……」

　ともすれば、越智の話題が露骨なほうへ向きそうになるのを、神尾警部補は眉をひそ

めて、おっかぶせるように、

「ところで、あなたはゆうべ奈々子さんのお相手をつとめた白いセーターの男というのをご存知じゃありませんか」

「それなんですよ」

と、越智はちょっとイスから乗り出すようにして、

「奈々ちゃんがあんまり部屋から出てこないもんだから、おかやき半分、その男のことが問題になってきたんですね。ところが、どうもぼくには記憶がないんです。葛城女史からもお聞きになったでしょうが、われわれのほうがひと足さきに部屋へさがってしまったもんですからね。しかし、それにしても、奈々ちゃんのほうから食指をうごかすような男がいたとしたら、ぼくの目にもとまっていなきゃならんはずなんですが、どうも思い出せないんですよ」

「太田氏の話によると、ゆうべはじめての男らしいということですが、それについてあなたのご意見は……?」

「さあ、べつに……寅さんが話したかどうか知りませんが、われわれ、寅さんとわたしとは、いちおう奈々ちゃんの相談役みたいにはなっておりますが、それはほんの名義上だけ……というより、奈々ちゃんの都合のいいときだけ、相談役にされるわけです。あとはたいてい奈々ちゃんの独断専行でしたから、どっかからまたマドロスでも拾ってきたんじゃないですか。向こうにいる連中の説じゃ、そうとうひなたくさい男のようだっ

たっていってますから……そちらのボーイさんは、その男についてどういってらっしゃるんですか」

越智ははじめて金田一耕助に向かって挑戦するような眼を向けたが、神尾警部補はわざとそれを無視して、

「なるほど。それで、あなたはこんどの事件をどうお思いですか。太田氏の説じゃ情痴の果てのようにいってますが……」

「まあ、そうでしょうなあ。だいたい、奈々ちゃんてひと、少しいかもの食いが過ぎたんじゃないですかね。マドロスくずれの与太もんみたいな男に興味をもって、おおいに好奇心を満足させたのはいいが、そいつが身の破滅になったんじゃないかと、だいたい、これが寅さんや啓一君、それからぼくなんかの一致した意見なんですが」

「ということは、白いセーターの男が犯人だというご意見ですね」

「まあ、そういうところでしょうねえ。そいつの姿が見えないとすると、なおさら……そいつ逃げちまったんですか」

「なるほど。ところで、あなたはけさ、奈々子さんの寝室へお入りになりましたか」

「いや、居間までは入りましたがね。寝室へ入ろうとすると、そのボーイさんに追い出されたんです。そのひと、何か警察関係のひとらしいが……」

「いや、それはともかくとして、あなたあの部屋から何か持ち出したりはなさらなかったでしょうねえ」

「何かとは、どういう種類のもの……？」

「いや、それはちょっとまだ申し上げるわけにはいかんのですが……」

「ああ、そう。しかし、ぼくはいかなるものをも、あの部屋から持ち出した覚えはありません。それがどのていどの大きさのものか知りませんが……そのしろものって、手のひらのなかへ隠れるくらいのしろものですか」

「いや、それよりもそうとう大きな品ですが……」

「それじゃ、あのときいっしょだった葛城女史にしろ、だれにしろ、証明してくれるでしょう。神に誓って申し上げます。はい、わたくしはあの部屋から何物をも持ち出したりなんかいたしませんでした」

「ああ、そう。それでは、金田一先生、あなたなにかご質問は……？」

「そうですね。それじゃ、ひとつ……」

と、金田一耕助はちょっと体を乗り出して、

「この家の各部屋のカギは、いったいどういうふうになっているんでしょうか」

「ああ、そう、それはこうです。ゆうべは主客あわせて三十人だったはずで、したがって十五の部屋が必要なわけですね。そこで、十五のカギがあらかじめ客に渡されているんですが、だいたい、男性のほうに渡されることになってるんですね。どうも、なんぼなんでも、ご婦人のほうから男を部屋へひっぱりこむってえのは、いささかかえげつないですからね。あっはっは、いや、ところが、そのカギに部屋の番号を書いた札がひとつ

ひとつぶら下がってますから、それによって、自分に提供されてる部屋を知るってわけですね。ただ、ここに、奈々ちゃんだけはここの女主人ですから、女性のなかでも彼女だけはカギを持ってるってわけです。しかし、これは当然のことでしょう」

「そのカギは、廊下のほうのドアのカギ……？」

「ああ、いや、居間と寝室がワン・セットになってる部屋は、廊下のドアのカギがそのまま寝室のカギになってるわけです。なかには、居間がなくて寝室だけの部屋もあります」

「ああ、なるほど。それで、そのカギは、ひとつひとつ違ってるんでしょうねえ」

「それはもちろんそうだと思いますよ。しかし、そういうことなら、おはまさんにお聞きになったら……ここの女中頭ですがね」

「ああ、そう。いや、ありがとうございます。それじゃ、恐れ入りますが、そのおはまさんというひとに、ここへくるようにおっしゃってくださいませんか。カギのことについて、念のために確かめておきたいですから……主任さん、ほかに何か……？」

「いや、結構です。それじゃ、その女中頭という女をここへ呼んでください」

越智悦郎といれ違いにやってきた楠はま子という女は、年齢は五十くらいであろうが、いや、枯れきったとはいうものの、これほど枯れきった女というのもまた珍しいであろう。およそ脂が抜けきったという感じで、なるほどこの女ならば大丈夫、ここでどのような情痴の絵巻物が繰りひろげられようとも、おそらく、それによって感動し、動揺するであろうような、なんの感情線も持っていないであろうと思われるような女であった。

越智からだいたいの用件は聞いてきたとみえて、彼女はひと束のカギを持っていた。それらのカギは、全部ひとつの大きな金属製の環にはめられていて、どのカギも銀色に塗られていた。

さて、そこで楠はま子の説明するところによるとこうである。

どの部屋も廊下のドアのカギがふたつずつあるが、そのうちのひとつが、ゆうべの客たちの、だんなさまたちに手渡された。そして、それらのカギは全部、金色に塗ってあるのが目印となっている。それはひかえのカギと混同しないためで、ひかえのカギはこうして銀色に塗ってあり、自分がいつも保管しているのである。

そして、どの部屋もドアのカギが同時に寝室のカギとしても通用するようになっているのであると。

「なるほど、すると、ゆうべ高杉奈々子さんも、金色のカギをひとつ持っていたわけだね」

という神尾警部補の質問にたいして、

「はい」

と、ひとこといったきり、楠はま子は干しダラのような感じのする顔面筋肉をひとすじすらも動かさなかった。

「ところで、どうだろうね、ゆうべ奈々子さんがあの部屋へいくまで、ドアのカギはかかっていただろうか」

「それはもちろん、かかっておりましたでしょう」

「どうして、君はそうはっきり断定できるんだね」

「それは、ゆうべ八時ごろ、わたしがひととおり各部屋を見てまわったからでございます。そのとき、わたしはいちいちこのカギで、ドアにカギをかけておきましたから。それでないと、だんなさまがたにカギをお渡しする意味がなくなってしまいますわね」

なるほど、男たちは自分にゆだねられた黄金のカギで廊下のドアを開き、そこへ自分がハントしてきたレディーを招じ入れることに無上の喜びを感ずるのであろう。

しかし、この証言によって、奈々子の部屋に彼女が白いセーターの男をひっぱりこむまえに、だれかが忍びこんでいたのであろうという可能性はなくなったわけである。少なくとも、廊下のドアから忍びこむということは、絶対に不可能だったわけである。

「ああ、そう。それじゃ、あなたゆうべ八時ごろ、あの部屋……奈々子さんの殺された部屋へも入ってみたんですね」

神尾警部補をさしおいて、そばから金田一耕助がもじゃもじゃ頭を乗り出した。こういうことをするから、この男はひとに嫌われるのである。楠はま子はそのもじゃもじゃ頭をギロリと見て、

「はい」

と、例によって例のごとくぶっきらぼうといえばぶっきらぼうだが、明快といえばい

とも明快な返事である。

「それじゃ、あなたに聞けばわかると思うが、そのときあの部屋、居間のほうだが、そこにリンゴの皮のむいたのや芯などが茶卓の上に散らかっていたかしら」

「いいえ、そんなものはございませんでした。もちろん、リンゴはございましたよ。お嬢さまは果物がなによりお好きでございますから」

「しかし、皮だの芯だのはなかったというのだね」

「はい、もちろん。そんなものがあったら、わたくしが取り片付けたでしょう。そのために、わたくしがいちおう各部屋を見てまわったのでございますから」

「なるほど」

と、金田一耕助が嬉しそうにもじゃもじゃ頭をかきまわしたから、楠はま子はいよいよ侮蔑(ぶべつ)の眼で彼を見るのである。しかし、金田一耕助はいさいおかまいなしに、

「それじゃ、もうひとつお訊ねいたしますが、窓はどうなっていました？　窓もぴったり閉まっていましたか」

「いいえ、あのお部屋の寝室にかぎって、窓を細めに開いておきました」

「それはまたどうして？」

「はい、それがお嬢さまのご注文なのでございます。窓をぴったり閉めきっておきますと、空気がこもっていやだからとおっしゃるのでございます。それに、ここは窓の外がすぐ切り立つような石垣になっておりますから、そこから泥棒が入るという心配の少な

いお家でございますから」

「ああ、なるほど。そうすると、ふだんからそうなんですね」

「はい、だいたい。おやすみになるとき、お嬢さまがご自分でお閉めになるのがふつうでした。もちろん、嵐のときやなんかはべつでございますけれど……」

「ああ、そう。それじゃ、ついでにもうひとつ」

「はい、なんなりとお聞きくださいまし」

「居間から寝室へ入るドアも、カギがかかってたかしら」

「いいえ、それは開いておりました。そこまでする必要はないでしょう。廊下のドアにカギがかかっているのですから」

「それじゃ、最後にもうひとつだけ。奈々子さんの部屋のひかえのカギもそこにあるわけですね」

「はい、もちろん。これがそうでございます」

　と、はま子は数多いカギのなかから、ひとつのカギをつまんでみせた。

「なるほど。ところで、どうだろう。ゆうべあなたの知らぬまに、だれかがそのカギを持ち出したというようなことは……？」

「とんでもございません」

　干しダラのようなおはまさんは、干しダラにはふさわしからぬハゲタカのような眼をギロリと金田一耕助のもじゃもじゃ頭に浴びせると、

「そんなことは絶対にございません。カギをお預かりしているのが、わたくしの大事なお役目のひとつですから、このカギ束はいつだって膚身離さず持っております」

「ああ、そう。いや。ありがとうございました」

金田一耕助がペコリと頭を下げるのを合図に、

「ああ、それじゃ、君、こんどは奈々子さんのお兄さんの啓一君に、こちらへくるようにいってください」

という神尾警部補の要請にたいして、

「はい」

と、楠はま子は例によって例のごとく、いとも明快な返事であった。

靴の裏

「それにしても、奈々子さんの持っていたカギは、いったいどこへいったんでしょうねえ」

楠はま子の後ろ姿を見送りながら、金田一耕助は不思議そうに小首をかしげて、しきりにもじゃもじゃ頭をかきまわしている。

「金田一先生、そりゃ犯人が持ち去ったんじゃありませんか」

「いや、そうじゃないでしょう。だって、犯人が持ち去ったものならば、ドアにカギをかけていったと思うんです。犯人としては、犯行の知れるのができるだけおそいほうが有利なはずですからね。げんに、居間のほうも寝室の電気も消してあったというじゃありませんか。それにもかかわらず、太田寅蔵君と葛城京子さんが訪ねていったとき、廊下のドアも寝室のドアも、カギがかかっていなかったというのは不思議ですね」

「なるほど」

神尾警部補もうなずいて、

「とにかく、へんな事件ですね。セーターがなくなったり、カギが紛失していたり……」

「しかし、そこにこの事件の謎があるんでしょうからねえ」

と、金田一耕助の眼にはありありと、もどかしそうな色がうかんでいる。なにかしら、靴をへだててかゆきをかくような、えたいのしれぬじりじりとした思いが、さっきから胸もとまでこみ上げているのである。

「しかし、金田一先生、カギはセーターのポケットに入っていたのじゃありませんか」

木村刑事が言葉をはさんだが、しかし、すぐそれがそうでないことがわかった。奈々子のセーターにはポケットがなかったのである。

それがわかると、金田一耕助の焦燥はいよいよ激しくなってきて、メッタヤタラと、もじゃもじゃ頭をかきまわしていた。

啓一はこんどが自分の番だと知ると、不安そうにぎくっと大きく体をふるわせた。しかし、それでもしかたなくイスから立ち上がると、蒼白な顔をひきつらせて、左の脚をひきずりながら、こっちの隅へやってくる。

「やあ、どうもお呼び立てしてすみません。さあ、どうぞ、そこへお掛けになって」

高杉啓一はおずおずと警部補のまえに腰を下ろすと、ポケットからハンカチを取り出したが、そうとう大きく動揺しているらしく、ハンカチをひろげようとするはずみに、ひらひらと床の上に取り落とした。

そのとたん、金田一耕助が立ち上がって、すばやくハンカチを拾ってやると、二、三度バタバタほこりを払って、

「さあ、どうぞ」

と、啓一のほうへ差し出した。

「はあ、どうも……」

と、啓一はハンカチを受け取ると、おどおどしながら額をごしごしこすっている。落ち着きを欠いたその素振りが、警部補や刑事の疑惑を招くのに十分だった。

神尾主任は疑わしげな眼で啓一の顔を見守りながら、

「金田一先生、あなたからどうぞ」

「ああ、そうですか。それでは……」

と、金田一耕助はちょっと体を乗り出して、

「高杉さん、あなたゆうべ妹さんにお会いになったでしょうねえ」

「はあ、それはもちろん……」

「どこで……？」

「もちろん、このホールで……」

「このホールだけですか。あなた、ひょっとすると、ゆうべ妹さんの寝室へ入っていかれたんではないんですか」

「いいえ、そんなことはありません、絶対に」

と、啓一はぎくっとしたように、不必要なほど言葉を強める。神尾警部補と木村刑事は、さっと緊張した顔を見合わせた。

「そうですか。ほんとうですか。事件が発見されてから、あなたはまだ一度もあの寝室へお入りになりませんか」

「はあ、入りません」

金田一耕助は、ふっと微妙な笑いを口もとに刻んで、

「高杉さん、あなた左脚がお悪いようですね」

と、妙なことをいいだした。

「はあ、あの、戦争中、空襲でやられたもんですから……」

金田一耕助が突然へんなことをいいだしたので、啓一は面くらうと同時に、いよいよ警戒の色を濃くする。

神尾警部補と木村刑事も、不思議そうに金田一耕助の顔を見守っている。

「ああ、それで左脚をひきずっていらっしゃるんですね。ところで、高杉さん、たいへ

ん恐れ入りますが、ひとつ、その左の靴を脱いで、ぼくに見せてくれませんか」

「靴を……？」

啓一は啞然とした眼の色で金田一耕助を見つめている。神尾警部補も金田一耕助の真意をはかりかねるように、まじまじとその顔色を読んでいる。

「いえね、さっき気がついたのですが、あなたがお歩きになったあと、床の上にかすかな傷ができるんですね。いま、ハンカチを拾うときにも確かめましたが、左の靴の裏に何か刺さってるんじゃないですか。たとえば、果物ナイフのきっさきの破片のようなものが……」

「あっ！」

と、叫んで啓一が立ち上がると同時に、木村刑事と青木刑事が飛び上がって、さっと啓一の左右からよりそった。

神尾警部補も急いで席を立つと、啓一の後ろにまわって、床の上をのぞきこむ。

「ああ、たしかに左の靴だ。おい、君、靴の裏を見せろ」

啓一は追いつめられた獣のような眼を見はって、金田一耕助の顔をにらみすえながら、

「ぼくじゃないんです。ぼくがやったんじゃないんです。ぼくが入っていったときには、奈々子はもう締め殺されていたんです。ぼくがなんとかして奈々子を助けようと思って、一所懸命に人工呼吸をやってみたんです」

「何？　人工呼吸……？」

さっきから、それとなく、向こうの隅の一群のあいだに起こる動揺を、盗み見していた金田一耕助は、びっくりしたように啓一の顔を振り返った。

「ええ、そうです。ぼく、徴用にとられていたころ、人工呼吸のやりかたを習ったんです。だから、なんとかそれで助けられないかと……」

「ああ、ちょっと……」

と、金田一耕助は何かいおうとする神尾警部補を急いで手でおさえると、

「主任さん、このひとの聞き取りだけはここではいけないようです。どこかひとのいない部屋へいきましょう」

「ぼくじゃない、ぼくじゃないんです。ぼく、ほんとに何も知らないんです。ぼくがいったとき、奈々子は締め殺されていたんです。首のまわりにひものあとがついていたんです」

「いや、高杉君」

と、金田一耕助はそれをおさえるように、

「ほんとに何も知らないのなら、いっそう君は正直に、何もかもいってくれなきゃいけませんよ。さあ、とにかくいっしょにいきましょう」

向こうの隅の一群は、凝結した表情でこの一幕を眺めている。微細な会話は聞こえなかったとしても、啓一がいまや徹底的に不利な立場におかれたらしいくらいのことはわかったに違いない。忙しい視線の交換と、ざわめくようなささやきが交わされていた。

それをしりめにかけて、一同は急いで席をうつすことにした。

人払いをした一室に、啓一を中心として席をしめると、

「さあ、高杉君、話してください。まずだいいちに、なんのために、何時ごろ、あの部屋へ入っていったかを……？」

金田一耕助のおだやかな態度と調子に、啓一もいくらか落ち着きを取りもどして、

「はあ、あの、それはこうなんです」

と、そわそわとハンカチで額や手のひらをこすりながら、

「妹のやつ……いや、奈々子は……そうそう、それはこうなんです。おやじの死後、ぼくと奈々子は等分に遺産を相続したんです。だから、高杉商会も奈々子と共同経営ということになり、資本も半分ずつ持っているんです。ところが、奈々子が最近、自分の持ち株を他に転売しようとしたんです。だけど、それをやられるとぼく困っちまうんです」

「困るとは……？」

「つまり、その、ぼくの使い込みがばれちまうもんだから……」

神尾警部補と木村刑事たちは、そこですばやい視線を交わした。ここにひとつ、明確な動機がうきあがってきた……。

「なるほど、それで……？」

「だから、そんなことしないように……転売するとしても、もうしばらく待ってくれるようにって、奈々子に頼みにいったんです」

「何時ごろのこと……？」

「三時過ぎでした。三時半ごろだったかもしれません」

「あなたが廊下へ入っていかれたのは、三時三十五分でしたよ」

金田一耕助が注意した。

「じゃ、そうでしょう」

「そのとき、妹さんは寝室にひとりでいたのか」

神尾警部補の質問は鋭かった。

「いいえ、ですから、ホールの入口で様子をうかがっていたんです。そしたら、いいぐあいに男が出てきたもんだから……」

金田一耕助もホールから廊下へ入る入口に終始立っていたのである。しかし、彼の背後には、大きな布張りのついたてが立っており、いちいちのぞくようにしなければ、廊下のほうは見えないのである。

それに、金田一耕助の関心は、つねにホールのほうへ向けられていた。まさか、今夜この家で、このような大胆不敵な殺人が演じられようとは、さすがの金田一耕助も思いもよらぬことだった。

「白いセーターの男……？」

「いいえ、そうではないようでした。白ならハッキリ印象に残るでしょうが……なんだか黒っぽいセーターのようでした」

「顔は見なかったの？」

「はあ、ちょっと距離があったし、それにマスクをかけていたし、それから、その男は部屋を出るとこっちへこずに、すぐ二階へ上がっていったんです」

廊下へ入るとすぐ右側に紳士用と婦人用の手洗い場がある。手洗い場はそうとう広く、その手洗い場の向こうが階段で、その向こうが奈々子の部屋である。

金田一耕助は神尾警部補と顔を見合わせた。

ここにひとり新しい人物が登場してきたわけである。黒っぽいセーターを着た男……そいつはいったい何者だろう。

金田一耕助はまた啓一のほうに向きなおって、

「しかし、高杉さん、あんたは妹さんが白いセーターの男と部屋へさがったということを知らなかったの？」

「いえ、それは知ってました。しかし、それは一時ごろのことだし、そのときはもう三時半ごろのことだから、二番めの男だと思ったんです。奈々子はいつもそうですから……」

「ふう。ふむ。それで、あんたすぐ妹さんの部屋へ入ったの」

「いえ、しばらく待っていました。妹が出てくるかと思って……そしたら、なかなか出てこないので、自分のほうから出向いていったんです。ノックをしたが返事はありませんでした。しかし、さいわいカギがかかっていなかったので、なかへ入っていったんです。まさかあんなこととは思わなかったもんですから……」

「ああ、ちょっと……そのとき、寝室の海に面した窓は……？」

「開いてました」

金田一耕助は神尾警部補が何かいおうとするのを目でおさえて、

「さあ、それから君のしたこと、やったことを、できるだけ正確に話してください」

「はあ、ぼく、すっかり仰天してたもんだから、よく覚えてるかどうか……」

と、啓一は虚脱したような顔色で、

「とにかく、ぼく、なんとかして妹を救おうとしたんです。それで……そうそう、ぼくのだいいちにやったことは、シュミーズを肩脱ぎにすることでした。肩のバンドをはずして脱がせたんです。セーターは着ていませんでした。いや、スカートはつけてましたよ。靴もはいてました。それから、ぼく、大急ぎで人工呼吸をやったんです。すると、そのうちに何やら脚にさわったものがあるので、見ると、それがナイフなんです。しかも、ぐっしょり血に染まっている。そこではじめて床の上の血に気がついたんです。そのとたん、ぼく、急に怖くなっちまって……それに、妹が殺されたら、遺産相続人である自分に疑いがかかってくるかもしれんと気がついたものですから、そのままそこを逃げ出してきたんです」

「窓はそのまま……？」

「はい……」

といってから急に思い出したように、

「そうそう、あの窓といえば……」

「窓がどうかしましたか」

「はあ、黒っぽいセーターを着た二番目の男が出ていってから、二分か三分待って、ぼくはドアをノックしてから、なかの様子をうかがっていました。そしたら、突然あの窓のガラス戸が、バタンと風にあおられるような音が聞こえたんです。それで、もう一度ノックをしたが返事がなかった。そこで、取っ手に手をかけてみたら、カギがかかっていなかったんです。そこで、なんとなく胸騒ぎがして、部屋のなかへ入っていったんです。まさかあんなこととは思いもよりませんでしたけれど……ところが、これはいま思い出したんですけれど、寝室をのぞいたとき、ぼく、いちばんにあの窓のことを思い出したんです。それで、何げなくそのほうを見ると、ガラス戸がブラブラ動いていたんです。そのときは、すぐそのあとで奈々子の様子に気がついたので、窓のことはすっかり忘れてしまったんですけれど……」

「なるほど」

と、金田一耕助はきびしい眼で相手を見すえて、

「あなたが廊下に立ってドアのノックをしたとき、ベッド・ルームの海に面したあの窓のガラス戸が、バタンと、風にあおられるような音がしたというんですね」

「はい、それはもう間違いございません。すっかり動転してしまったので、いままでつ

い忘れていましたが……」

「なるほど、それから寝室をのぞいた瞬間、窓のほうをごらんになったら、ガラス戸がブラブラ動いていたとおっしゃるんですね」

「はあ、そのときは奈々子の様子に気をうばわれて、すぐそのことを忘れてしまったんですが、いまから考えると不思議です。窓ガラスがあおられるほどひどい風は吹いていなかったように思うんですが……」

啓一のいうとおりである。ゆうべからけさへかけて、ほとんど無風状態である。

「そうすると、君は……」

と、そばから言葉をはさんだのは神尾警部補である。

「犯人はあの窓から出入りしたというのかね」

「いいえ、そんなことぼくにはわかりません。ただ、いま思い出したもんですから、ちょっと申し上げたまでで……」

「ところで、あなたは……」

金田一耕助が引き取って、

「あなたはそのナイフをどうしました。あんたそれを拾って、窓から外へ投げ出したりはしなかったでしょうね」

「とんでもない。ナイフはそのままにして、急いで逃げ出してしまいました。そうでした、そういえば、悪いほうの脚で踏んづけたのを覚えております。しかし、その刃が折れて靴の裏に刺さっていたなどとは……」

　啓一はそこでほっとため息をつくと、

「やっぱり、隠しごとはできないもんですね」

　と、ぬれたような眼をあげて金田一耕助を見た。

「しかし、君」

　と、神尾警部補はまだ半信半疑の顔色で、

「あそこにああして血があるのに、奈々子はまだ刺されてはいなかったというんだね」

「はあ、それはもう絶対に間違いありません」

　と、啓一は言葉を強めて、

「胸を刺されていたら、いくらぼくが慌てていたからって、人工呼吸などやるはずはないじゃありませんか」

「じゃ、あれはだれの血だね」

「犯人もどこかやられてるんじゃないでしょうか。妹の体には、ほんとにどこにも傷はなかったんですから。それとも……」

　と、急に気がついたように、

「スカートの下までは調べてみませんでしたが、ひょっとすると、下半身にケガをしていたというようなことは……」

　金田一耕助はそれには答えず、

「それじゃ、もう一度、念のために質問しますが、あなたが寝室へ入っていったとき、奈々子さんは上半身シュミーズ一枚の裸だったというんですね」

「ええ、そうです、そうです。どうも珍妙なスタイルだと思ったんです」

「じゃ、奈々子さんはセーターをどうしたんでしょう」

「さあ、どこかそこいらに脱ぎ捨ててあったんじゃないですか」

「あなたはそのセーターを覚えていますか。どういう色気で、どういう模様だったか……」

「はあ、紺で、横に一本、太い赤の線が入っていました」

「間違いありませんね」

「間違いありません。ホールにいるとき……つまり、奈々子が白いセーターの男といっしょにあの部屋へひくまで、ぼくはしじゅう奈々子につきまとっていたんですから。なんでしたら寝室のなかを調べてください。どこかに脱ぎ捨ててあるはずですから」

　啓一はそのセーターが紛失していることを知らないらしかった。それとも、知っていてしらばくれているのだろうか。

　そのあとで、殺人事件を発見しながら、すぐそのことをだれにも報告しなかったことについて、啓一はだいぶん脂をしぼられたが、彼のような立場におかれたら、それも無理ではないかもしれぬと、同情されないでもなかった。

麻薬取締官

金田一耕助や神尾警部補がしつこく啓一を追及して得た結果を総合すると、奈々子はだいたい、太田寅蔵と葛城京子によって発見されたと同じポーズで、啓一によって発見されたらしい。ただし、そのシュミーズの双肌を脱がせたのは啓一であり、それは彼が人工呼吸をほどこすためだったというのである。

ただ、ここに世にも異様な事実というべきは、啓一の申し立てが真実だとすれば、そのとき奈々子の胸は、まだ刺されていなかったということである。

金田一耕助にとっても、他の捜査係官にとっても、これほど意外な事実はなかった。しかし、そういえば、検視医の吉岡先生もいっていたではないか。奈々子の刺されたのは、死後数分たってからのことであろうと。

では、いったいだれが、啓一の立ち去った後、ふたたび引き返してきて、すでにこと切れている奈々子の心臓をえぐったのであろうか。そして、それはなんのために……？

「金田一先生、いったいこれはどういうことなんです」

神尾警部補はにがにがしさを通りこして、いくらか怒りをこめた声音を強めた。

「あの男が逃げ去ってから、またただれかがやってきた。そして、すでに死亡している奈々子の胸を刺していったと……」

「そういうことになってきましたね」

「そんなバカな！」

「しかし、吉岡先生もいっていたじゃありませんか。奈々子が死亡してから刺されるまでに、数分のあいだがあるだろうと。その数分のブランクというのが、ちょうどいまあの男の話した期間に相当しているのだとしたら……」

「じゃ、先生はあの男の話を信用なさるんですか」

青木刑事があきれたように金田一耕助のもじゃもじゃ頭を見なおした。あきれたというよりは、バカバカしくてお話にならないといった顔色である。

「はあ、信用してもいいんじゃないかと思うんです」

「あんな奇妙キテレツな話を……？」

「いや、奇妙キテレツだからこそ、信用してもいいんじゃないかと思うんです。あの男、あんな奇抜な話を創作できるほどこまやかな神経はなさそうじゃありませんか」

「いや、金田一先生のおっしゃるのもごもっとも」

と、神尾警部補が割って入って、

「だいたい、ぼくも、あの血の位置と、被害者の横たわっている位置の関係が、少しおかしいとは思っていたんです。少なくともその点だけでも、いまの話でハッキリしてきた。そうすると、ここにもうひとり刺された男……いや、男か女か知らんがあるわけですな」

「そういうことになってきましたね」

金田一耕助はずりこむようにイスに腰を下ろしたまま、ぼんやりともじゃもじゃ頭をかきまわしている。虚空（こくう）のある一点を凝視するその眼には、なにやら烈々たるかぎろいがみえている。

啓一の提示したあの驚くべき暴露は、いま部屋の空気をこのうえもなく緊張させている。その緊張の底には、名状することのできない狼狽（ろうばい）が秘められているのである。

啓一を部屋から立ち去らせるとき、金田一耕助は彼を絶対にほかの人物と接触させないこと、また、啓一の身辺を厳重に警戒するよう係官たちに要請していたが、その顔色や言動からして、この男、すでに何かをかぎつけているのではないかと、神尾警部補はそこにひとつの希望を持っているのである。

「金田一先生、いったい、あの血はだれのものなんでしょう」

「主任さんはそれをどうお考えですか」

「いや、わたしも正確にだれとはわかりませんが、これはやっぱり、啓一のいうように、犯人の……」

「いや、主任さん、わたしはその説には賛成できませんね」

「とおっしゃると……？」

「主任さんがおっしゃるように、あれが犯人の血だったとしたら、犯人は何も危険を冒してまで奈々子を刺しに帰ってくる必要はないわけです」

「という意味は……？」

と、神尾警部補は探るように、金田一耕助の顔を凝視している。いや、神尾警部補のみならず、坂口刑事も青木刑事も、いったい、この男、何をいいだすことだろうという顔色である。

「いま、主任さんは、あの血の位置と、被害者の横たわっていた位置の関係が少しおかしいとおっしゃったが、それは結局、こういっちゃ失礼ですが、啓一の話を聞いてから気がつかれたことじゃないんですか」

金田一耕助に突っこまれて、

「そ、そういわれればそうですが……」

神尾警部補はいささか鼻白んだ。

「いや、これは主任さんのみならず、ぼくだって正直なところそうだったんです」

と、金田一耕助はニコリともせず、

「ということは、われわれは啓一の話を聞くまでは、あの血を奈々子の血だとばかり思いこんでいました。いや、犯人はそう思いこませるために、わざわざ奈々子を刺しに帰ってきたのではないか。ということは……」

と、金田一耕助は一句一句に気をつけながら、

「ここにもうひとり刺された人物がいることを……つまり、奈々子のほかにもうひとり被害者がいるということを、犯人は当分だれにも知られたくなかったのではないか……」

「もうひとり……?」

神尾警部補が思わず息をはずませた。

坂口刑事と青木刑事は無言のまま、鋭く金田一耕助を見つめている。

「そうです、そうです。そうでないと啓一の話はつじつまがあいませんし、あの血と死体の位置との関係も説明できないんじゃないでしょうか」

「じゃ、先生は」

と、坂口刑事は挑戦するように、

「ここにもうひとり、殺された男か女がいるとおっしゃるんですか」

「はあ」

「じゃ、その死体はどうしたんです。犯人は死体をかついで、それも血に染まった死体をかついで、堂々とこの家から逃げ出したというんですか」

坂口刑事はおひゃらかすような調子である。

「いや、その死体はまだこの家のどこかにあるかもしれませんよ」

「あっはっは、奇抜なことをおっしゃる」

と、坂口刑事はせせら笑って、

「しかし、あの寝室にはなかった。居間にもみつかりませんでしたよ」

「ええ、そう」

「じゃ、犯人は死体をかついでドアから出て、廊下を通ってノコノコどこかへ……?」

「いいえ、坂口さん、廊下のドアのほかにもうひとつ、あのベッド・ルームには出口がありますね。海へ向かって開いている窓……しかも、啓一は廊下のドアをノックしたとき、窓のガラス戸がバタンと風にあおられるような音をさせたといってましたね。しかも、ベッド・ルームへ入っていったとき、ガラス戸がブラブラしていたと……」

「じゃ、先生は犯人は窓から死体を運び出したと……？」

「その可能性はあるはずです」

「そんなバカな！」

と、坂口刑事はまだ納得ができなかった。唾でもそこへ吐くような調子で、

「かりそめにも、死体をかついでりゃ、そう敏活に行動はできんはずです。啓一はその物音を聞いてからすぐにベッド・ルームをのぞいているんですぜ。犯人がそのへんにいりゃ、姿を見たはずじゃありませんか」

「それに、金田一先生、崖の下の泥の上には足跡もなかったんですよ」

神尾警部補はいくらか気づかわしそうである。金田一耕助の神経の状態を心配するような眼つきであった。

「いいえ、主任さん」

金田一耕助は表情も変えずに、

「犯人はその場にいる必要もなかったし、また、泥の上に足跡を残すこともなく、死体をあの部屋から運び出すことができたかもしれないんです」

「そりゃまたどうして？」

坂口刑事はあくまでおひゃらかすような調子である。

「だって、啓一の見た黒っぽいセーターの男は、奈々子の部屋を出てから二階へ上がっていったというじゃありませんか」

「二階……？」

一同はぎょっとしたように顔見合わせた。

金田一耕助はいさいかまわず、

「ちょっとこの図面をごらんください。これはこの家の見取り図ですが、奈々子の部屋のすぐ上は物置になっています。さっき家政婦の楠はま子に聞いたところによると、奈々子は自分の頭の上にひとがいるのを嫌って、物置にしてあるんだということです。しかも、その物置の窓と奈々子のベッド・ルームの窓は、垂直の一直線上にあります」

「ふむ、ふむ、なるほど」

「だから、こう考えたらどうでしょう。犯人は物置の窓からあらかじめロープを下へたらしておいた。それから、またあの部屋へとって返して、ロープのはしを死体に結びつけ、窓わくのところへ横たえておいた。それからもう一度二階へとって返して、ロープをたぐって死体をつり上げた。そのとき、ガラス戸がバタンと鳴ったのを啓一は聞いたが、あの男がベッド・ルームへ入ったときは、死体はすでに窓外の、しかも窓より上につり上げられていたので、啓一は気がつかなかった。そういう場合、人間の注意力は、上より下へ向かうのがふつうでしょうからね」

「金田一先生、そして、つり上げられた死体というのが、白いセーターの男だったとおっしゃるんですか」

「そうかもしれませんし、そうでないかもしれません。われわれはまだ白いセーターの男がどういう人物なのか知らないんですから。しかし、これだけはいえそうです」

「これだけとおっしゃると……？」

「犯人は当分のあいだ……将来はいざ知らず、ここ当分、あるいは今夜だけでも、ここにもうひとつ死体があるということを、ひとに知られたくなかったのでしょう」

「とおっしゃると……？」

「だって、被害者の血と、床の上の血の血液型を比較されてごらんなさい。その相違がすぐわかるかもしれないじゃありませんか。これだけ抜けめのない犯人ですから、それがわからぬはずはない。それにもかかわらず、犯人は死体を隠さずにはいられなかった……」

「なぜ……？　それはなぜです」

「わかりません。それがわかったら、この事件、警察側、すなわちあなたがたの勝利ということになるでしょう」

金田一耕助の眼には、なぜか悩ましげな色がうかんでいた。

「しかし、金田一先生、どちらにしてもその死体はまだ二階のどっかにあるはずだとおっしゃるんですね」

神尾警部補が念を押した。

「そう、あなたがたはさっき二階を捜索された。しかし、生きている人間を探すのと、死人を探すのとでは、おのずから心構えに違いがありましょうからね」

「ようし」

と、坂口刑事は半信半疑ながらも意気ごんで、

「探してみればわかることだ。人間一匹、いかに死体になっているとはいえ、マッチの棒や針を隠すようなわけにもいくまい。青木君、二階をひとつ探してみようじゃないか」

飛び出そうとするのを、

「ああ、ちょっと」

と、金田一耕助が呼びとめて、

「向こうに待っている連中にゃ、絶対に悟られないように。それほどの苦労をしてまで死体を隠したところをみると、その死体がなんらかの意味で、この事件を解決するキメ手になるんじゃないかと思われるんです。われわれが二階に関心を持ったということさえ、知られないほうがいいんじゃないですか……」

「はあ」

坂口刑事は青木刑事と顔見合わせていたが、

「ようし」

と、わざと外へ聞こえるような大声で、

「それじゃもう一度崖の下を隅から隅まで調べてきます。おい、青木君、君もいっしょにきたまえ」

ふたりは部屋を飛び出すと、わざと階段とは反対の方角へ飛び出していった。

神尾警部補もいっしょにいきたそうだったが、それではホールの連中に疑われる心配がある。やっと思いとどまって、

「金田一先生、ホールにいる連中はどこかの一室へカン詰めにしておいたほうがいいんじゃないんでしょうか。万一、二階を捜索していることに気づかれると……？」

「はあ、それはそうですね。しかし……」

「しかし……？」

「高杉啓一だけはべつにしておいてください。あの男から事が発覚したとわかると、犯人が何をやらかすかわかりませんからね」

「承知しました」

こうして、パーティの連中は、ジャズ・バンドのメンバーもふくめて、食堂にカン詰めにされてしまった。その食堂が厳重に監視されたことはいうまでもない。

その食堂の窓からは潮のひいた崖の下が俯瞰されるが、そこには刑事や警官がアリのようにむらがって、何かをあさっている様子である。だれが見ても、捜査当局の関心はそこに集中されているとしか思えなかった。

神尾警部補と金田一耕助も、ときどきそこへ姿を現した。金田一耕助は哲学者みたいな顔をして、刑事や警官に声をかけた。金田一耕助のもじゃもじゃ頭は、食堂にいる連中の注目をひいたに違いない。おそらく、犯人は内心ほくそえんでいたことだろう。

三十分ほど後、金田一耕助と神尾警部補がもとの部屋へもどってくると、坂口刑事がそこにいた。どういうわけか、坂口刑事の血相は変わっていた。眼はつり上がり、顔面は怒りのために真っ赤に紅潮していた。

坂口刑事はまず金田一耕助に向かってうやうやしく一礼すると、

「金田一先生、恐れ入りました」

と、咽喉のつまったような声である。

「坂口君、見つかったのか」

「はい」

「やっぱり死体が……？」

「はい」

「おい、どうしたんだ、坂口君、君、泣いてるんじゃないのか」

「はあ、とにかくきてください。死体をひとめごらんくだされば、なぜわたしが泣いているかがわかります」

坂口刑事は怒りに体をふるわせているようである。

三人はいったん建物の外へでると、用心ぶかく裏階段から二階へのぼっていった。

「ここです」

がらくた道具のいっぱいつまったくらい部屋のなかへ入っていくと、青木刑事が立っていた。青木刑事も眼がつり上がっていた。

怒りに顔面が硬直していた。

その足下に、白いセーターの男が横たわっている。神尾警部補は不思議そうにその男を見たが、そのとたん、

「あっ、こ、これは……」

と、雷にうたれたように絶叫した。

絶叫してよろめいた。

まなじりも裂けんばかりに眼をみはっている。

血管が額に怒張して、怒髪天をつかんばかりのけんまくだった。

「主任さん、ご存知の人物なんですか、このひと？」

「署のもんです。麻薬取締係の鷲尾刑事、鷲尾順三刑事です」

セーターとズボン

金田一耕助は思わず唇をつぼめた。口笛をふきそうな衝動にかられたが、急いで自分で自分を制した。

そこにいる三人の怒りにみちた顔をみれば、口笛などふいている場合ではない。金田一耕助はゴクリと生つばをのみこむと、またあらためて白いセーターの男に眼を落とした。

猪首(いくび)のような太い首、日焼けしたあごが角張っていて、いかにも粗野で、精力的な印象をひとにあたえる。年齢は二十四、五だろう、まだ童顔である。背はあまり高くないが、広くて厚い胸板と、太い腰と大きな臀部(でんぶ)。

ゆうべはマスクをかぶっていたのでハッキリ顔は見えなかったが、奈々子とともにホールを出て彼女の部屋へ消えていったのは、たしかにこの男に違いなかった。

鷲尾刑事はセーターの上からひと突きにえぐられたとみえ、ぐっしょりと白いセーターのまえが血に染まっている。

しかし、これはまたいったいなんとしたことなのだ。

鷲尾刑事はズボンをはいていないのである。下半身は腹巻きにパンツひとつ、上半身にはとっくりセーターを着ていながら、下半身はパンツひとつの裸という、まことに珍妙なスタイルだった。靴もはいていなければ、靴下も足につけていなかった。

「坂口君、青木君」

と、神尾警部補はギラギラと怒りにもえる眼をふたりに向けて、

「いったい、これはどうしたんだ。だれが鷲尾のズボンをはぎとったんだ」

「と、ところが、主任さん」

坂口刑事が口ごもって、

「われわれが発見したとき、鷲尾君はこの姿だったんです」

「いったい、死体はどこにあったんですか」

金田一耕助が訊ねた。

坂口刑事が無言のまま指さすところをみれば、そこに大きなジュラルミン製のトランクがある。大きさは和製の長持くらいはあるだろう。トランクのそばには大きなビニールのシーツとロープが散乱している。ビニールのシーツにはなまなましく血がついていた。

「あのビニールのシーツで全身をくるんで、その上をロープで縛ってあったんです」

坂口刑事がうめくように呟いた。

「金田一先生がおっしゃったように、あの窓からロープでつり上げたのに違いありません。窓わくにロープのあとがついてます」

金田一耕助は窓のそばへよって窓わくを調べてみたが、すぐ部屋のなかを振り返って、

「あなたがたはこの窓を開きましたか」

「いや」

と、青木刑事が鋭く答えた。

「開きません。われわれがこの部屋に気づいたということを、だれにも知られないほうがいいんじゃないですか」

「そう、それは賢明でした」

金田一耕助は神尾警部補を振り返って、

「主任さん、鷲尾刑事の殉職については、なんとも申し上げる言葉もありませんが、これでだいたいつじつまがあうと思います」

「殉職……？　つじつまがあう……？」

と、神尾警部補はおうむがえしに呟いたが、急に気がついたように、

「金田一先生、鷲尾君のこれ」

と、白いセーターの死体に眼を落として、

「殉職だとおっしゃるんですか。われわれは……いや、少なくともわたしは、この男から何も聞いていなかったんだが……君たち」

と、ふたりの刑事に眼を向けて、

「鷲尾がここにいることについて、何か聞いていたか」

「いいえ、全然。だから、ことの意外に呆然自失しているところなんです」

青木刑事が悄然と答えた。坂口刑事はまだ怒りがさめやらぬ顔色である。

「金田一先生」

神尾警部補はキッと金田一耕助の瞳を見すえて、

「なにかご存知でしたら話してください。もし鷲尾のこれが殉職だったとしたら、われわれにとって、せめてもの慰めになるわけです」

「承知しました」

　と、金田一耕助はかるく頭をさげて、

「じゃ、ここで立ったまま話をしましょう。みなさん、できるだけそこらのものにさわらないでください。われわれがここへきたことを犯人に知らせないほうがいいと思いますから」

　坂口刑事は寄りかかっていたガラクタ道具から慌てて離れた。神尾警部補も注意ぶかくあたりを見まわすと、死体の足下へいって直立した。

「で……？」

「はあ、いったい、ぼくがどうしてこの家にいたとお思いになりますか。じつは、奈々子さんからある調査を依頼されたんです」

「調査とおっしゃると……？」

「先月、奈々子さんはこういうパーティのあとで、麻薬の入ったカプセルようのものを発見したんですね」

「麻薬のカプセル？」

　三人の捜査係官は、はっとしたように顔見合わせた。

　それから、足下に横たわっている鷲尾刑事に眼を走らせた。

「そうです、そうです。そこで、奈々子さんは、このパーティが麻薬密売人たちによってひそかに利用されているのではないかと気がついて、その調査をぼくに依頼してきたんです。あのひとは淫蕩でした。吉田御殿の千姫でした。しかし、法に触れることを絶対に憎んだんですね」

「じゃ、あの、この鷲尾順三も……？」

「そうじゃないかと思います。ぼくはボーイになりすますように要請されましたが、鷲尾君のほうはメンバーになりすますようにいわれたんでしょう。そのほうが奈々子さんと連絡がとりやすかったでしょうからね」

「ああ、そうすると……」

坂口刑事はいくらか安心したように、

「鷲尾君が千姫とベッド・ルームへ消えていったのは、かならずしも怪しい享楽にふけるためではなくて、なにかの打ち合わせのためだったとおっしゃるんですね」

「もちろん、そうでしょう。しかし……」

「しかし……？」

神尾警部補は鋭く反問した。

「鷲尾刑事の最初の目的は、おそらくそうだったのでしょう。しかも、ぼくと違って、今夜のパーティからなにか重大な証拠のいとぐちを発見したのかもしれません。ほら、奈々子さんの居間で、リンゴをむいて食べていたさし向かいのふたり……わたしはあの解釈に苦しんでいたんですが、いまこうして、奈々子さんといっしょに部屋へ入った白いセーターの人物が警察関係のひとだったとしたら、その謎もなんなく解けるわけです。おそらく、鷲尾刑事は何かの報告をしていたか、それとも今後のことについて打ち合わせをしていたんでしょう。そこまではよかった。しかし、そのあとがいけない」

「いけない？　いけないいたあ、何がいけないんです」

神尾警部補の声はしゃがれていた。瞳がくろい怒りにもえている。

「これはいうに忍びないことですが、相手がなにしろ吉田御殿の奈々子さんですからね。鷲尾君が誘惑にのらなかったとはいえない」

「金田一先生！」

警部補の瞳から凶暴な怒りがほとばしった。

「それはいったいどういう意味です。鷲尾刑事があの女の誘惑にのったかもしれないと、あなたはおっしゃるんですか」

それは警察官としてはこのうえもなく汚辱である。坂口刑事や青木刑事がくろい怒りにもえているのも、じつはこの点にあったのだ。

神尾警部補が上長としてこのうえもなく屈辱を感じたのもむりはない。金田一耕助に向かって激しい怒りをぶちまけようとするのを、

「ああ、主任さん、ちょっと」

青木刑事がひきとめて、なにやら耳もとにささやいた。神尾警部補は無言のままその耳うちを聞いていたが、そこに横たわっている白いセーターの男のパンツの股間にちらと眼をはしらせる警部補の瞳には、くらい絶望のかげりがあった。

「ああ、いや、しかし……」

と、金田一耕助はぎこちなく咽喉にからまる痰をきるような音をさせると、

「鷲尾君はまだ若いし、それにたとえ鷲尾君が千姫の誘惑にのったとしても、そんなこといちいち発表することはないでしょう。鷲尾君のほんとうの用件は、麻薬密売に関する摘発にたいして、報告か打ち合わせにあったんでしょうから。あとはちょっとした座興なんです。座興までいちいち公表する必要はない」

「ふむ、ふむ。それで……」

神尾警部補もいくらか愁眉をひらいた顔色で、

「それからどうしたというんです」

「つまり、麻薬密売の用件と、そのあとで繰りひろげられたベッドの用件と、用件がふたつかさなったもんだから、時間が意外に長くかかった。あるいは、鷲尾君のあのたくましい肉体が、いたく千姫のお好みにかなったかもしれない。いや、これは失礼」

「いいえ、金田一先生」

坂口刑事はむつかしい顔をして、

「鷲尾の腹巻きのなかから、こんなものが出てきたんです。ちょうど横腹のところにもぐりこんでいたんで、犯人は気がつかなかったらしいんですがね」

と、手のひらにのっけて出してみせたのは、金色にぬられたカギである。おおく詮索するまでもなく、奈々子の部屋のカギに違いない。

「このカギは、廊下のドアと寝室のドアと、両方共通になってるということでしたね。これを鷲尾が千姫から贈られたとすると……」

「鷲尾のやつ、よっぽど千姫のお気にかなったというわけか」

神尾警部補はくらい顔をして呟いた。

「ああ、なるほど」

と、金田一耕助は嬉しそうにもじゃもじゃ頭をかきまわしながら、

「女が男にベッド・ルームのカギを贈るというのは、愛情の最高の表現だといいますね。いや、こいつはわたしも気がつかなかった。犯人もまさか自分が殺した被害者の腹巻きのなかにカギがひそんでいようたあ気がつかなかったんですな」

「金田一先生、もうすこし順序よく話してください。鷲尾君は麻薬の一件とベッドの遊戯で思いがけなく時間をくった。それで……？」

「そうそう、そのあいだ、おそらく犯人は、あの部屋のどこかで……たぶん洋服ダンスのなかかなんかに隠れていた……」

「洋服ダンスのなかに……？」

「ああ、そう、そういえば、主任さん、わたしも不思議に思っていたんですが、洋服ダンスのなかにだれか隠れていたんじゃないかと思われるふしがありました。しかし、金田一先生」

「はあ」

「犯人は、いつ、どこから、あの部屋へ忍びこんだんです」

「それはいうまでもなく、海に面したベッド・ルームの窓からですよ。ほら、楠はま子がいってたじゃありませんか。奈々子さんは空気がこもるのを嫌って、あの窓はいつも細めに開けておくと。だから、犯人は奈々子さんたちがあの部屋へ入っていったときには、すでに洋服ダンスにひそんでいたんでしょう」

「すると、先生」

青木刑事が息をはずませて、

「犯人は奈々子や鷲尾よりさきに、あのホールをでた人物ということになりますね」

「そうです、そうです。それで捜査の対象になる人物の範囲がだいぶんせばめられてくるんじゃないですか」

「ふむ、ふむ、それから……？」

「犯人は長いあいだ洋服ダンスのなかで待っていた。つまり、鷲尾君が用をすまして立ち去るのをですな。それはおそらく犯人にとって長い長い試練だったに違いない。おそらく、ベッド・ルームのほうから、放胆な千姫ご乱行のご様子が手にとるように聞こえてきたでしょうからね。あっはっは、いや、失礼」

金田一耕助はペコリと頭をさげて、

「しかし、さしもに長い痴戯百態のくりかえしも、ついに終幕とあいなった。鷲尾君は身なりをととのえ、いったんあの部屋を出ていった。千姫も着るものを着て、ベッド・

ルームを出ようとした。そこへおどりこんできた犯人が、うむをもいわさず奈々子さんを締め殺した。犯人はおそらく洋服ダンスのなかで、いちぶしじゅうを立ち聞いて、奈々子さんが自分、あるいは自分たちの秘密をかぎつけたことをハッキリ知ったでしょうからね」

「ふむ、ふむ、それから……」

「ところがそこへ、いったん立ち去った鷲尾君が引き返してきた。鷲尾君がなぜ引き返してきたか、それはわたしにもわかりません。たぶん、何かいい残したことを思い出したんでしょう。犯人はその気配を感じて、おそらくいちど居間へ出たんでしょう。そして、そこにあった果物ナイフをとりあげて、ふたたび寝室へ隠れひそんだ。それとも知らず、鷲尾君が何げなく寝室へ入ってきた。そこをぐさりと果物ナイフで……ふいをつかれた鷲尾君は、そのひとつきで倒れてしまった……だいたい、これが今夜の……いや、ゆうべの二重殺人事件の真相に、当たらずといえども遠からずだと思うんです」

「しかし、先生、犯人が鷲尾の死体を隠そうとした理由は、どうやらわかってきました。被害者のひとりが、麻薬担当の刑事だとわかると、この事件がたんなる痴情関係の犯罪ではなく、麻薬がからんでいるということがわかるからなんでしょうね」

「そうです。そういうこってすね」

「しかし、それにしても、犯人はなぜ鷲尾のズボンを脱がせたんです。それに、奈々子のセーターなどもどうしたんです」

「そりゃ、主任さん、裸で道中はできないじゃありませんか」

「裸で道中……?」

と、三人はいっせいに眼をみはって、

「先生、それはどういう意味ですか」

「犯人は海に面した窓からやってきたんです。しかも、それは一時半よりまえなんですよ。その時分にゃ、崖下にゃまだ海水がみちていた。だから、犯人は泳いでくるより手はなかった。しかも、洋服ダンスのなかの衣類のどれにもぬれたあとがなかったところをみると、犯人は一糸もまとわぬ素っ裸だったとしか思えない。おそらく、犯人は乾いたタオルを頭にまくかなんかして、ベッド・ルームへ忍びこむまえに体はよくふいたでしょうが、まさかタオルを腰にまいただけじゃ、廊下へ出るわけにはいきませんからね」

「あっ!」

坂口刑事が鋭く叫んで、

「そうすると、犯人が二時間以上も待っているうちに、潮がすっかりひいてしまって、泳いで帰るわけにゃいかなくなったんですね」

「そうです、そうです。歩いて帰れば泥の上に足跡が残ります。だから、犯人は最初そんなに長く待つつもりではなかったんでしょう。奈々子さんのくわえこんだのがヘナチョコの青二才だったら、もっとはやく事が終わって、青二才先生もはやく立ち去ったでしょう。ところが、思いがけなく、相手が骨っぽい刑事さんだったので、虚々実々、二時間、あるいはそれ以上、時間がかかってしまったのでしょう。そこに犯人の計画に大きな狂いが生じたわけです」

「なるほど」

と、この思いがけない真相の暴露に、三人はすっかり興奮したようだ。しかも、一見奇抜ではあるけれど、金田一耕助のこの説以外に、ふたりの被害者の服装の異様な状態を説明するすべはなさそうであった。

「わかりました、金田一先生」

と、神尾警部補は頭をさげて、

「犯人は鷲尾君のズボンや靴を利用した。しかし、セーターを利用することはできなかった。なぜならば、鷲尾君のセーターのまえは真っ赤な血に染まっている。そこで、セーターのほうは奈々子のやつを利用したんですね」

「はあ、そういうことでしょうね。そのことからしても、犯人が裸でやってきたということが想像されるんじゃないでしょうか」

「わかりました。そうすると、啓一の見た黒っぽいセーターを着た男というのは、奈々子のセーターに鷲尾君のズボンをはいた犯人ということになりますね」

「たぶんそうだと思います」

「つまり、さっきも申し上げたとおり、犯人は洋服ダンスのなかの立ち聞きで、鷲尾君が麻薬担当の刑事だと知った。だから、その死体をあそこへおいとくと事件の動機が暴露しやすい。動機がたんなる痴情関係じゃなく、麻薬がからんでいるんじゃないかとわれわれに感づかれる。それを避けるために、一時、鷲尾君の死体を隠したということですね」

「そうです、そうです、そういうことです」

「で、その犯人は……？」

「犯人はよほどこの家の内部に精通しているものに違いない。彼は、奈々子さんの部屋のすぐ上が物置になっていることを知っていた。そこにはロープやビニールのシーツがあることも知っていた。そうそう、犯人は奈々子さんを締め殺したときにゃ、まだ海水がすっかりひいてしまってるってことに気がついていなかったと思うんです。ところが、気がつくと潮がすっかりひいている。そこでとっさにこれだけのことを思いついているんですから、よほどこの家の内部に精通した人物に違いありませんね。それに、後日、機会をみて、あのジュラルミンのトランクをここから運び出そうという考えだったんでしょうから、そういう意味でもよほどこの家と親密なものでなければならんと思うんです」

「太田寅蔵だな」

坂口刑事がいきまいたが、金田一耕助は反応を示さなかった。無言のままひかえていた。

「先生、太田寅蔵じゃいけませんか」

「わたしの記憶にして誤りがなければ、太田寅蔵が婦人とふたりでホールを出ていったのは、奈々子さんと鷲尾君が出ていくすぐまえでした。それに、太田氏のしけこんだ部屋というのは、中庭に面した部屋だったというじゃありませんか。それに……」

「それに……？」

「太田氏がむかし、水先案内人だったということもお忘れにならないで。水先案内人が潮の干満に無関心であるはずがない」

「とすると、越智悦郎のやつだな。そうだ、そうだ。そういえば、あの男の部屋は海に面したほうだった」

「しかし、越智はそれほどこの家と密接な関係があるだろうか。このジュラルミンのトランクを、だれにも怪しまれずに持ち出せるほど」

「主任さん」

金田一耕助は微笑して、

「越智がゆうベベッドをともにした女が、かつて奈々子の亡父の妾だった女だということをお忘れにならないで。あのふたり、このパーティでいっしょに遊んだのはゆうべがはじめてだと、ふたりともさかんに強調してましたが、もしそうだったとしたら、かえって不自然だとは思いませんか。それに、葛城京子なら奈々子の死後もなんとか口実をもうけてこの家へ出入りができるはずですからね」

「わかりました」

神尾警部補は大きく息を吸いこんで、さて、最後に残る疑問を吐きだした。

「それにしても、金田一先生、あの絨緞の上にトラ……という字を書き残したのは？　あれは鷲尾がやったことでしょうか」

「もちろん、鷲尾刑事でしょう。犯人は鷲尾君を刺して、いったんあの部屋から出ていった。そのまえに潮のひいているのに気がついて、とっさにいろんなことを思いついていた。彼は、まず鷲尾君のズボンをはき、奈々子さんのセーターを着て部屋を出ていった。したがって、鷲尾君があそこへ引き返してきたということは、犯人にとっては天の助けというべきだったでしょう。鷲尾君は奈々子さんからカギをもらっていったん外へ出たのだから、廊下のドアは開いていたんでしょう。そして、二階へ上がってロープのさきに必要なだけのビニールのシーツを結わえつけて窓からたらした。そして、もう一度あの部屋へとって返して、鷲尾君の死体をビニールのシーツにくるみ、血がこぼれぬようにして、また二階へ上がっていって、その死体をつり上げた。ちょうどその直後に啓一君が入ってきて、シュミーズの双肌を脱がせて人工呼吸をやったことになる。だから、啓一君に見られたのは、二度めに部屋を出ていくところだったんですね」

「そうすると、犯人はさらにもう一度あの部屋へ帰ってきたということになりますね」

「そうです、そうです。おそらく、あの窓を閉めておきたかったんでしょう。犯人としてはできるだけ関心を窓からほかへそらせたかったでしょうからね。そのとき、絨緞の上の血をごまかすために奈々子さんの心臓を刺して、窓を閉めるまえに、つい、ナイフを外へ投げ捨てた……と、そういうことになるんじゃないですか」

「すると、犯人は奈々子のシュミーズが、いつのまにやら双肌脱ぎになっていることに気がつかなかったのかな」

この疑問は、後日、犯人の告白によって判明した。

犯人はそれに気がついていた。

しかし、まさかあのきわどい瞬間に啓一が入ってきたとは気がつかなかった。かれは、奈々子がまだ死にきっておらず、断末魔の苦悶のあいだに無我夢中でシュミーズの双肌を脱いだのだろうと思ったという。そのためにも、かれは奈々子の心臓をえぐっておく必要があったのだ。

「それで、あの床の文字は……？」

「ああ、そうそう」

金田一耕助は思い出したように、

「犯人が最初二階へ上がっていったとき、鷲尾刑事はまだ死にきってはいなかった。そこで、紙緞にああいう文字を書き残したんでしょう」

「しかし、それはどういう意味……？　太田寅蔵のことじゃなかったんですか、あれは……？」

「主任さん、人間が急いで文字を書くときには、片仮名より平仮名のほうが書きやすいとは思いませんか。ましてや、太田寅蔵を意味するなら、おおたと書くべきだと思うんです」

「じゃ、あのトラは……？」

「トランペット……トランペット吹きが怪しいとにらんだんじゃないですか。わたしはあの文字を読んでから、それとなくゆうべのバンドのトランペット吹きに注意していましたが、たしかにいちおう、その男、身辺調査をする必要があるようです。ですから、主任さん」

「はあ」

「わたしは鷲尾刑事の死を殉職と申し上げたんですよ」

金田一耕助がうやうやしく頭をさげると、神尾警部補をはじめとして一同は、

「先生、ありがとうございます」

と、粛然として襟をただした。

真　相

トランペット奏者の持つトランペットの管のなかから、おびただしい麻薬のカプセルが発見されたのは、それからまもなくのことである。

その奏者の口からわれて、越智商会の越智悦郎とその情婦、葛城京子を主謀者とする麻薬の密輸団があげられたのは、その日のうちのことだった。

越智の自供は、だいたい金田一耕助の推理のとおりであった。

かれは葛城京子と部屋へひけると、すぐ素っ裸になって、窓から海へすべりおりた。かれは皮の手袋をはめており、頭にまいたタオルのなかには強靭な紺の組みひもが用意してあったという。

奈々子がどうやら自分たちの麻薬密輸に気がついたらしいので、その口をふさぐためだったが、よりによってその決行にパーティの夜を選んだのは、それによって情痴の犯罪と思わせるためだったそうである。

越智は首尾よく奈々子の寝室へ忍びこんだ。窓をのりこえるまえ、人念に体をふいておいたことはいうまでもない。寝室から居間へはいるドアは開いていた。それは越智にも計算ずみだったので、彼はすばやく洋服ダンスのなかへ忍びこんだ。

そこまでは万事彼の計算どおりにいった。しかし、そのあとで、越智の計算が大きくくるってきたのである。

それからまもなく、奈々子が男をくわえこんできたのはよかったが、越智の計算では、ふたりはすぐに寝室へいくはずだったのに、じっさいはそうではなく、茶卓をはさんでリンゴを食べながら、なにか熱心に話をはじめたことである。

越智は奈々子に怪しまれないために、洋服ダンスのドアをぴったり閉め切っておいたので、それは地獄の苦しみだったという。洋服ダンスがもう少し狭かったら、あるいはふたりの会話がもう少し長かったら、おそらく窒息の苦痛にたえかねて、彼はそこから飛び出していただろう。

さいわい、奈々子の洋服ダンスはふつうのそれの倍ほどの大きさをもっていた。さらにさいわいなことには、越智が苦痛にたえかねて洋服ダンスのドアを開けようとした瞬間、ふたりの話がまとまったとみえ、ベッド・ルームへいく気配が感じられた。

むろん、その間、越智は全身全霊をかたむけてふたりの話を聞こうとしたが、ドアがぴったり閉めてあるのと、ふたりの会話が低かったので、話の内容は全然聞きとれなかった。したがって、越智は奈々子の寝室へしけこんだ男が麻薬担当の刑事であろうとは、ずっとあとまで気がつかなかったそうである。

ふたりが寝室へひいたので、越智はやっと洋服ダンスのドアを細めに開いて、地獄の苦しみから逃れることができたと思ったのは、あとから思えばあさはかであった。

いつもの奈々子なら、ひとりの男と一度、事を行なうと、すぐその男を追いだし、自分は化粧をなおして、またぞろ狩猟に出かけるのである。越智はそこをねらったのである。しかし、その夜の奈々子は違っていた。

越智のうけた地獄の呵責(かしやく)は、むしろ洋服ダンスのドアを細めに開いてからやってきたといっていい。

幸か不幸か、寝室のドアがこれまた細めに開いていたので、そのドアの奥で演じられる痴戯百態の気配が手にとるように聞こえてくるのだが、その演技のレパートリーの豊富にして、しかも一曲ごとに要する時間の長くして、なおかつその猛烈なことといったら、さすがその道のベテランをもって任じている越智悦郎も、舌をまいて三舎を避けるばかりであった。

越智は閨房における奈々子の性情を熟知していた。したがって、ドアのむこうから聞こえる物の気配によって、いまどういう演目に彼らふたりが熱中しているか、たなごころをさすがごとく想像されるのである。

その道のふるつわものをもって任じている越智でさえ、奈々子にかかると、ときどきタジタジとさせられることがある。しかし、きょうの相手は違っていた。彼は奈々子のいかなる要求にたいしてもやすやすとして応じうる活力の源泉をたくわえているらしく、その行為の勇猛果敢にして、その咆哮や罵声、歓喜のおたけびの猛烈なることは筆舌にもつくしがたく、傍若無人もいいところであった。

越智にとってそれはさきほどの窒息の恐怖にもまさる難行苦行以外の何ものでもなかった。

しかも、そういう難行苦行は、延々として二時間ちかくもつづいたのである。その間、奈々子は喜びの歌を歌いつづけ、男はそれに呼応して、女の歌をさらに高からしめんがために、野獣のごとく咆哮し、たけりくるい、やがて最後に女は感謝のアリアを絶唱し、男は傍若無人にかちどきの歌を怒号とともに絶叫するのである。

そのあとほんの短い小休止があった後、彼らはふたたびつぎの演目へ突入するのであった。

さいわい、洋服ダンスのなかには毛皮の外套があったので、越智はどうやらカゼをひかずにすんだようなものの、いや、あるいは毛皮のオーバーなどなくとも、越智はその晩カゼをひく心配などなかったかもしれない。

隣室から聞こえる男女の二部合唱に刺激されて、越智は全身の血がたぎりたつのをおぼえ、膚は火のように真っ赤にもえていた。しかも、彼は一糸まとわぬ赤裸なのだから、閨房における情痴の相手以外の人間には、絶対に見せられない状態に、いやがおうでも陥れられていた。

越智はいまや自分が完全に三枚目の地位におかれていることを自覚せずにはいられなかった。越智の自尊心はおおいに傷つけられた。そして、そのことが越智を怒らせ、憤激させ、奈々子にたいする殺意をよりいっそう凶暴にした。

越智はその難行苦行の場から逃げだすわけにはいかなかった。廊下へ出るドアには、奈々子がカギをかけてしまった。いや、よしんばそのドアが開いていたとしても、いまの越智の肉体的現象では、この部屋から外へ出るなどとは思いもよらぬ状態だった。

それにしても、相手の男は何ものだろうと考えてみる。

思い当たるところはなかった。メンバーのなかの男たちをひとりひとり思いうかべ、彼らを素っ裸にしてみても、吉田御殿の千姫をかくも悩乱させ、狂気にみちびくほどの肉体的条件と活力をたくわえているだろうと思われるような人物に、ひとりも思い当たるところがなかった。

奈々子がかってにスカウトしてきたのだと思うと、そのことが越智を嫉妬させ、奈々子にたいする怒りの炎に油をそそいだ。

隣室から聞こえる女の感謝の絶唱と、男の傍若無人なかちどきのおたけびを聞くたびに、越智はギリギリ歯ぎしりしながら、手袋をはめた両手で強靭な絹ひもをしごいていた。いまや利害打算を超越して、このことだけでも奈々子は死ななければならなかった。

しかし、物事にははじめがあれば終わりがなければならぬ。

さすがに豊富な彼らのレパートリーもついに演奏しつくされたらしく、やっと正常な男女のささやきが聞こえはじめ、まもなく居間と寝室のさかいにあるトイレを使う音が聞こえた。トイレを使っているのは奈々子だろう。洋服ダンスのなかで、越智はおもわず絹ひもを強くしごいた。

男が寝室から出てくるまでには、それからまた数分かかった。

あらかじめ洋服ダンスを細めに開けておいたので、越智はその隙間からちらと瞥見することができたけれど、はたしてそれは一度も越智の見参したことのない男だった。グレーのズボンに純白のとっくりのセーターを着ていた。マスクをつけていなかったので、顔もハッキリ見えたが、とくべつに奈々子の食欲をそそりそうな美貌とは思われなかった。

しいていえば、だるまさんのように眉の太い童顔が、あどけなくて粗野だった。色は浅黒かったが、キメの細かい膚をしていた。上背は五尺四寸くらいしかなかったが、首が太くて、胸板が厚く、バネの強そうな腰と大きなお尻が奈々子のような女にとって魅力なのかもしれない。

それはほんの一瞬の瞥見にすぎなかったけれど、それにもかかわらず、その若者にたいして、越智が激しい嫉妬を感じずにいられなかったというのは、男がケロッとしていたからである。そこにはいささかも疲労困憊のあとは見受けられなかった。

憔悴などとはとんでもない。ご希望ならまだいくらでもご用をうけたまわりましょうといわんばかりのひなたくささを身につけていて、しかし、多少は羞恥か悔恨か、だるまさんのような眉をしかめて、足ばやに部屋をななめに突っきると、越智の視野から消えていった。

若者はみずからカギをつかってドアを開いたらしく、その足音がホールのほうに消えていくのを待って、越智は洋服ダンスのなかからすべり出た。そのとき越智の姿は、タオルを首にまいただけの一糸まとわぬ全裸で、かきたてられただけで充足されぬ中年男の情念が膚の下でまだブスブスと沸騰していた。

若者が寝室のドアをぴったり閉めていかなかったので、そこからのぞくと、奈々子はすでに身支度をととのえて、向こうむきにうつむいて、靴下をたくしあげているところであった。

両手で絹ひもを強くしごくとき、越智の体内には凶暴な本能が激しくもえた。ことは一瞬にして終わった。

越智は、はだしだったし、絨緞の繊維は厚かった。奈々子が気がついて振り返ろうとしたとき、その首にはもう絹ひもがまきついていた。両手を握った絹ひもに厚ぼったい手ごたえを感じたとき、越智は残忍な喜びと満足をおぼえていた。血が奔騰（ほんとう）していた。

背後から締めただけではあきたらなかったので、ぐったりしている奈々子の体を、あおむけにベッドの上に押しころがし、こんどはまえから思うぞんぶん締めあげた。

全身のおもみをかけて女の上にのしかかり、これでもか、これでもかと締めあげているうちに、越智は突然、全身に衝動をおぼえそうになった。

反射的に越智は奈々子のからだを離すと、脱兎のようにトイレへ駆けこんでいた。もしこのとき彼の行動に一瞬の敏活を欠いていたら、奈々子のスカートをよごすところであった。

うしおのようにあとからあとから押しよせる衝動が去っていくまで、越智は恍惚（こうこつ）としてトイレに突ったっていた。こういう快感はうまれてはじめてだと思った。

衝動が去っていくにしたがって、血の奔騰がおさまり、もちまえの冷静がもどってきた。越智はそれをよいことだと、自分で自分に満足をおぼえた。衝動の痕跡が残らぬように、なんどもなんどもトイレの水を流した。そこから血液型が検出されることがありうることだと知っていたので、彼は洗い流したあとのトイレを子細に点検することを忘れなかった。そういう冷静なおのれに、越智はふかい自己満足をおぼえていた。

寝室へとって返すと、奈々子は首に赤い絹ひもをまきつけたまま、さっきのとおりの姿勢で横たわっていた。越智にはもうなんの感動もなかった。絹ひもをはずすとき、もう一度念のために強く締めあげたが、それはもう事務的処理でしかなかった。

しかし、そのとき越智はちょっと不思議に思った。絞殺された死体というものは、鼻や口から汚物や血を吐くものだと聞いていたのに、奈々子には少しもそんな気配がなかった。

この女、さっきの若者に血も脂もしぼりとられてしまったのかと、越智は腹のなかでせせら笑った。

越智は落ち着いてもう一度寝室のなかを見渡した。

万事オーケーである。

越智は絹ひもをタオルにくるんで首にまき、それから音をたてぬよう細心の注意をはらって窓を開いた。

そして、外を見た。

そのとたん、越智の自信と冷静は、大きな音をたてて崩壊した。じっさい、彼はその音を耳の底で聞いたのである。

越智とても、潮の満ち干という現象に全然無知だったわけではない。だからこそ、洋服ダンスのなかでじりじりしていたのだ。しかし、それがこうもみごとに自分を裏切ろうとは、思いもよらぬところであった。

海は遠く、はるかかなたに退いていた。石垣の下に見えるものは、一面にひろびろとした泥濘である。泥濘のところどころに残された水たまりが、星影をやどしてチカチカとまたたいていた。まるで自分の愚かさをあざけるように。

越智はしばし呆然として、このドスぐろい泥濘の帯を見つめていた。

呆然の一瞬がすぎると、越智は急いで窓から首を出し、部屋の左右を見まわした。

この臨海荘は海から屹立する石垣のふちすれすれに建っているのだが、しかし、そこにつまさき立って、建物のどこかにつかまりながら、カニのように横這いに這っていけば、いけないことはなさそうだった。

しかし、越智が京子としけこんでいる部屋は、ここからかぞえて五つめである。そのあいだに三つの部屋があり、しかも、どの部屋の窓からも明かりがもれていた。ということは、そこに男と女がしけこんでいるということである。

越智は、いまやこの現場から脱出するには、廊下のドアしかないことに思いいたった。急に寒さが身にしみた。越智はそこに投げだしてあった奈々子のガウンをひっかけて、となりの居間へ飛び出した。女として奈々子は大柄なほうだけれど、越智が着るとそのガウンは脛までしかなかった。

洋服ダンスをひっかきまわしてみたが、男の着用できるようなものは何ひとつなかった。越智が絶望のうめきをあげているとき、廊下でドアをノックする音が聞こえた。

越智はとっさに果物ナイフを取り上げた。

「お嬢さん……お嬢さん」

と、ドアの外の声がささやいた。

「ぼく、マスクを忘れたんですけれど……」

そういえば、ベッドのそばのサイド・テーブルの上に、マスクがふたつ投げだしてあった。越智は果物ナイフを握ったまま、寝室のほうへひいた。

「マスクがないとまずいです。ぼく、ひとに顔を見られないほうがいいと思うんです。入ってもいいですか」

男が居間へ入ってきた。寝室のなかでは、越智が果物ナイフを握りなおして、ドアのすぐかたわらに立っていた。

「お嬢さん、お嬢さん、マスクがそこにありませんか」

白いセーターを着た男が、声をかけながら寝室のなかへ入ってきた。その瞬間、越智は全身の力をこめて、果物ナイフを白いセーターに向かって突っ立てた。

鷲尾刑事はしばらく呆然と立っていた。声も立てなかった。果物ナイフを胸に突っ立てたまま、大きく目をみはって立っていたが、つぎの瞬間、朽ち木をたおすようにうつむけに倒れた。そのために、ナイフはよりいっそうふかく胸にくいこんだのである。おそらく、彼は犯人の姿も見ず、何事が起こったかを認識するひまもなかったであろうと思われる。

越智はそばに立って鷲尾刑事の大きなお尻を見ていたが、とっさに、そのズボンが利用できることに気がついた。

鷲尾刑事は五尺四寸しかない。越智は五尺六寸あるが、そんなゼイタクはいっていられなかった。彼は、急いで刑事のズボンを脱がせて、自分ではいた。ウエストは十分だった。ズボンをはいて、ポケットに手を入れてみて、そこにある警察手帳を発見した。越智はそこではじめてその男が刑事であることに気がついたのである。

それからあとのことは、ばんじ金田一耕助の推理したとおりである。

越智は未決にいるあいだに、どこから手に入れたのか、服毒自殺をとげたので、鷲尾刑事の醜聞は世間にもれずにすみ、彼は殉職者としてあつく葬られたそうである。

暗闇の中の猫

第三の男

金田一耕助探偵譚の記録者である筆者は、いつか彼に聞いてみたことがある。終戦後、彼が東京に腰を落ち着けてから、最初に取り扱った事件はなんであったかということを。……『黒猫亭事件』として記録しておいたあの陰惨な黒猫身代わり事件や、また『悪魔が来りて笛を吹く』という題名のもとに書き残しておいた、椿元子爵家にからまる三重殺人事件より以前に、取り扱った事件はなかったかと訊ねてみた。

当時、筆者はまだ岡山県の片田舎に疎開していて、彼と文通はしていたが、親しく接触をもつことができなかったので、そのころの彼の活動については、知るところがいたってうすいのである。

筆者の質問にたいして金田一耕助は、

「ああ、そうそう」

と、思い出したように、例によってもじゃもじゃ頭をかきまわしながら、

「そのまえにひとつ取り扱った事件がありましたね。それはある人物の依頼で、七十万円という紙幣束の行方を捜査中だったんですが、そこにはからずも二重殺人事件が起こったんですよ」

「二重殺人事件……？」

と、筆者が息をのんで眼をみはると、

「ああ、そうそう」

と、金田一耕助はさらにまた思い出したように、

「この二重殺人事件がきっかけとなって、等々力警部と知り合いとなり、その紹介で黒猫亭の事件へ飛びこんでいったという順序になるんです。あのときは警部さん、ぼくのことをずいぶんずうずうしいやつだとお思いになったでしょう」

と、金田一耕助はにこにこと、この男特有のひとなつっこい微笑をうかべた。

げんざい刎頸の交わりといってもいいほど、親密な間柄にある等々力警部と、はじめて相知った事件と聞いてはすててはおけない。おまけに七十万円の紙幣束と二重殺人事件だ。これを聞きのがしては金田一耕助ファンのかたがたに、申し訳がないとばかり筆者が膝をすすめると、

「あっはっは、あなたにあってはかないませんね。うっかり洩らすとすぐそのとおりなんだから……」

と、例によって照れくさそうな苦笑をもらした。

これがまた、自慢話や手柄話をしなければならぬはめにたちいたったときのこの男のくせなのである。この男は天才でありながら、たいへんな照れ性なのである。

「まあ、まあ、そういわずにぜひ話してください。どんな事件なんですか」

と、筆者が押しの一手で強請すると金田一耕助も観念したように、

「それではまあ、話してみましょう。ものになるかならぬかはべつとして……まあ、あなたの筆で適当に潤色なさるんですね」

と、金田一耕助が承諾してくれたので、筆者がおお喜びでペンと手帳を取り出すと、

「あれは昭和二十二年の春、たしか三月のことでしたが、あの時分から考えると、東京もずいぶん復興したもんですねえ」

と、金田一耕助も感慨ぶかげな面持ちだった。

「その晩、ぼくは東銀座のキャバレー・ランターンというのにいたんですが、三十間堀の埋立ては完成しておらず、歌舞伎座は空襲にやられたまま、まだ醜い残骸をさらしものにしておりましたし、じつに殺風景なもんでしたね。いや、殺風景というよりは物騒きわまる世の中で、夜なんか暗いところをうっかりひとりで歩けなかったくらいのもんで……」

それではなぜまた金田一耕助のような男がキャバレーのようなはなばなしいところにいたのかという筆者の質問にたいして、

「そうそう、それじゃ、そのことからお話しておきましょう」

と、金田一耕助が語ってくれた事情というのはこうである。

その前年、すなわち昭和二十一年の十一月、キャバレー・ランターンから数丁はなれた焼跡に、一軒ポツンと焼け残った銀行に、二人組の強盗が押し入って、七十万円とい

う大金を強奪していった事件があった。銀行にはむろん、宿直の若い行員と、住み込みの老小使いがいたが、行員のほうは射殺され、老小使いのほうは瀕死の重傷を負わされた。

二人組みの強盗は、七十万円という紙幣束の入った行嚢をかかえて、銀行を逃げ出したが、銃声を聞いてかけつけてきた警官の追跡をうけて、当時、キャバレーとして改装中だった板囲いのビルのなかへ逃げこんだ。

そのとき、警官がふたりのあとを追うて、すぐ板囲いのなかへ飛び込んでいけなかったというのは、相手が飛び道具をもっていたからである。警官は躊躇した。呼笛を吹いて同僚を召集した。その呼笛を聞いて、やっとふたりの警官がかけつけてきたとき、キャバレーのなかからまた銃声が聞こえた。銃声は二発だった。

警官たちは色を失った。なにしろ殺伐な時代だったのだ。警官といえども、いつなんどき襲撃をうけないともかぎらなかった。しかし、いつまでも躊躇しているわけにもいかないので、間もなく三人は勇をふるって、改装中のキャバレーのなかへ踏み込んだ。

キャバレーのなかはむろん、真っ暗であった。セメントや材木がいたるところにごろごろしていた。三人の警官はてんでに懐中電灯をふりかざし、危なっかしい足許に気をつけながら、暗闇のなかを奥へ奥へと進んでいった。そして、そこにふたりの男がピストルで射たれて倒れているのを発見したのである。

ひとりは完全に死んでいたが、もうひとりは頭部に命中弾をうけながら、まだ死にきってはいなかった。

このふたりの身許はすぐわかった。死んでいるほうは高柳信吉、瀕死の重傷をうけているほうは佐伯誠也、ともに襲撃された銀行の行員だったが、高柳のほうはなにか不正な行為があって、三か月まえに銀行をくびになった男である。

そこでこういうことになる。

銀行をクビになった高柳信吉は、それ以来ますます身をもちくずし、ヤミ屋かなんかやっていたが、そのうちにもと勤めていた銀行に眼をつけた。そして、友人の佐伯誠也を仲間にひきずりこんだのだろう。

佐伯という男は元来まじめな男だったが、当時の混乱した世相は、この謹直な青年をも動揺させずにはおかなかったとみえて、そのころ、妙に金使いがあらくなっていた。女があるらしいという噂もあった。そこをもとの同僚、高柳信吉に乗じられたのだろうというのである。

その夜、七十万円という大金が、銀行の金庫にひと晩眠るということを、高柳は佐伯の口から聞いたに違いない。そこで相手をそそのかしてふたりで銀行へしのびこみ、宿直員を射殺し、老小使いに瀕死の重傷をおわせて、金を奪い去った。そして、警官の追跡をうけて、改装中のキャバレーへ逃げ込んだ……と、ここまでは話がわかる。だが、その後がわからないのである。

はじめのうち警察では、キャバレーへ逃げ込んだふたりは、そこで仲間割れを生じて、たがいに射ちあって死んだのだろうと思っていた。だが、それならば、その場に行嚢がなければならぬはずだった。それが見つからなかったのである。

そこで、警察ではつぎのように考え直さねばならぬことになった。

生き残った銀行の老小使いも、追跡した警官も、強盗はふたりだったといっていたが、じっさいはふたりではなく三人いたに違いない。そして、そのうちのひとりがキャバレーのなかに隠れて待っていたのだろう。

そこへふたりが金を持って逃げ込んできた。それを三人めの男が射殺して、行嚢を自転車につみ、裏口から逃げ出していったに違いない。……と、こう考えられるのは、裏の出口にまだ新しい自転車のタイヤの跡がついていたからである。

ところで、そのとき盗まれた七十万円だが、ひょっとするとその金は、まだ一文も消費されていないのではないか。……と、近ごろになって当局がそう考えはじめたのは、つぎのような事情によるのである。

そのとき盗まれた紙幣というのは、全部百円紙幣で七千枚あった。ところがそのなかの一部分、すなわち一割にあたる七百枚、金額にして七万円に相当する紙幣だけは、銀行の支店長が紙幣番号をひかえておいたのである。ところが事件以来、すでに五か月になんなんとするのに、まだ一枚もその紙幣が現れないのだ。

支店長がひかえておいた紙幣番号は、ごく少数の人物以外、絶対秘密になっていた。いや、支店長がそのうちの一割の紙幣番号をひかえておいたということすら、事件ののち三か月ほどして、ある新聞がスッパ抜くまでは、一般のひとはだれも知らなかった。

だから、犯人が故意に、その紙幣だけを除外するとは考えられない。また、偶然、その一割だけを使い残して、ほかの紙幣を使っているということも、可能性が薄そうに思われる。一割といえばかなりの率だし、七百枚といえばそうとうの数である。それがまだ一枚も発見されないというのは、犯人が全然その金に手をつけていないのではないか……。

では、なぜ犯人がその金に手をつけないのか。まえにもいったとおり、支店長がそのうちの一割の紙幣番号をひかえておいたということは、事件後、すなわち犯人がその紙幣を手にいれてから三か月のちまでは、一般のひとには知られていなかったのである。

だから、犯人がその金を使用するのに躊躇している原因が、そこにあろうとは思えない。と、するとその金は、犯人の手のとどかないどこかに、まだ隠されているのではないか……。

と、こう考えてきた当局の眼は、俄然（がぜん）、キャバレー・ランターンに向けられはじめたのである。ひょっとするとあの行嚢は、まだキャバレー・ランターンのなかに隠されているのではあるまいか。

そう考えられるもうひとつの理由としては銀行襲撃事件があってから、三日目の夜の出来事があげられる。

その夜、東銀座いったいを受け持っているパトロールが、まだ板囲いのとれていないキャバレー・ランターンのそばを通りかかったが、当然、彼の脳裡にうかんだのは、昨夜の事件である。そこでかれはなにげなく、板囲いの隙からなかをのぞいたが、そこにギョッとするようなものを発見したのである。

板囲いのなかの暗闇を、懐中電灯の光らしいものが動いているのだ。

このとき、そのパトロールがもう少し分別のある人物だったら、相手の様子をよく見きわめてから、声をかけるなり、行動を起こすなりしたことだろう。ところが運悪くもそのパトロールは、あまりにも若すぎたし、こういう事件にたいする経験も浅すぎた。それに相手がピストルをもっているかもしれないことも考慮にいれて、彼は板囲いのなかへ踏みこむ勇気がなかった。

そこで板囲いの外から、

「だれか――そこにいるのは？」

と、怒鳴りつけたが、そのとたん、懐中電灯の光が消えて、裏のほうへ逃げていく足音が聞こえた。そこで若いパトロールはピストル片手に板囲いの外をまわって、裏のほうへ走っていったが、そのとき、十メートルほどさきに立っている街灯の下を、自転車に乗った男が走っていくのをちらとみた。

その街灯からむこうは一面に真っ暗な焼跡や、埋め立て工事にごったがえしている……十間堀である。自転車の男は一瞬街灯の光に後ろ姿をうきあがらせたきり、すぐその、暗闇のなかにのみこまれてしまった。

むろん、パトロールは脅しのためにピストルを射ち、また呼笛を吹いて同僚を集めたが、自転車の男はとうとう発見されなかった。

当時もこのことが問題となり、おそらく一昨夜の犯人が、何か遺留品を取り返しにきたのだろうといわれていたが、ひょっとすると建物のなかに隠してある行嚢を、取りにきたのではないかと、いまにして思いあたるのである。しかし、パトロールの目撃したところによると、自転車の男はかくべつ荷物のようなものは持っていなかったそうである。

そこで、キャバレーのなかは改めて、隈なく捜索された。しかし、行嚢はどこからも発見されなかった。それは当然のことで、このキャバレーが営業を開始したのは、事件の夜から一週間めのことである。それ以来五か月になんなんとする時日が経過しているのだから、そんなものが建物の中にあるとすれば、だれかの眼によって、いままでにすでに発見されているはずである。

したがって、もし七十万円という大金が、このキャバレーのなかに隠されているとしたら、それはよほど巧妙なところに隠してあるに違いないし、また、犯人は絶えずその隠し場所を見張っているに違いない。そこで近ごろにわかに私服刑事が派遣されてキャバレーに張りこむことになったのである。

さて、共犯者のひとりと目されている佐伯誠也だが、この男が頭部に命中弾をうけながら、まだ死にきっていなかったことはまえにもいったが、もちろん彼はすぐに病院へかつぎこまれた。警察としてはこの男は重大な証人なのだから、手当てに最善をつくすことを忘れなかった。

その結果、彼は危うく生命をとりとめた。いや、生命をとりとめたのみならず、健康も常態に復した。だから、彼があの夜の経過を告白することができたら、第三の男の正体もわかり、金の行方もわかったのだろうが、残念なことには佐伯にはそれができなかった。

なぜできなかったか。

佐伯は頭部にうけた銃創のために、あの夜より以前の記憶を、まったく喪失しているのである。記憶を喪失した彼は、係官の質問にたいしても、ただ、当惑したように首をかしげて、まばたきをするだけだった。

しかし、記憶を喪失しているなかにも、なにかしら、おぼろげな印象が残っているとみえて、ときどきかれはこんなことを口走った。

「ああ、暗闇のなかに何かいる。……猫だ！　猫だ！　あっ！」

そして、彼は激しく身ぶるいをするとがっくりと首をうなだれる。どうやら、それが射たれた瞬間の印象らしかった。

しかし、暗闇のなかに猫がいるとはどういうことなのか。猫が何をしたというのか。

佐伯のその言葉だけでは、かいもく雲をつかむような所詮（しょせん）はふかい謎（なぞ）である。

瀕死の重傷をおうた老小使いは、それから三日のちに、死亡したが、彼もまた、黒い布で顔を隠した、ふたりの男という以外には、なんの証言もできなかったのである。

以上の事件をまえおきとして、それでは金田一耕助が終戦後東京でまず最初に手がけた事件を物語風に展開していくことにしよう。

天運堂

さて、キャバレー・ランターンで二重殺人事件が演じられたのは、三月も下旬のことだったが、そのころ、キャバレーの正面入口のかたわらには、毎晩、へんな男がふたり張っていた。

いや、もっとも、ひとりのほうはべつに張っているわけでもなく、また、その男がこへやってくるようになったのは、いまにはじまったことではなかった。このキャバレーが開店してから、一か月ほどのち、すなわち、去年の十二月以来のことである。

しかし、その男とこのキャバレーとの取りあわせが、いかにも時代錯誤にできているので、通りかかったひとびとは、だれでもおやと振り返っていく。それは大道易者であった。

派手なけばけばしいキャバレーの入口のすぐかたわらに、すすけた提灯をぶらさげた大道易者が店を出しているのだから、その対照がなんとなく妙であった。こういうところにも混乱した、現代日本の縮図が見られるようであった。すすけた提灯には横にならべた算木が描いてあって、その下に天運堂とかいてある。

見台の上においてあるほの暗い行灯の光で見ただけでは、この天運堂という人物、さっぱり年ごろがわからない。そうとうの年輩ともうけとられるが、また、まだそれほどでもなさそうにも思われる。天神髭と頰を埋めるようなながい髯をはやし、度の強そうな眼鏡をかけている。眼鏡のふちは銀のようだ。頭にはくろい揉烏帽子をかぶって、いつも色の褪せたようかん色の十徳を着て、十徳の下からよれよれの袴がのぞいている。足には白足袋をはき朴歯の下駄をつっかけている。そして、客のないときには、いつもほの暗い行灯のかげで、所在なさそうに刻みたばこを吸っている。これが去年の十二月のはじめ以来、毎晩のようにキャバレー・ランターンのそばへ店を出す、天運堂の姿なのである。

天運堂がこのキャバレーのかたわらを、稼ぎ場所に選んだのは、一見時代錯誤に見えるのだが、しかし、じっさいは成功だったらしい。

このキャバレーへ出入りする連中には、荒い稼ぎの闇屋が多かったが、そういう連中には迷信家が少なくないとみえて、酔っぱらっての帰りどきなど、よく見台のまえへ立ちよって、あすの運勢を占ってもらうのである。天運堂はそんな連中から、遠慮なしに高い見料をふんだくった。だから、彼の懐中はいつもかなり暖かなのである。

しかし、その夜のその時刻には、天運堂のまえにはだれも立っていなかった。天運堂は所在なさそうに、刻みたばこをつかんでは、やにに薄よごれたきせるの雁首につめていた。

キャバレーのなかからは、やけに騒々しいジャズの音が聞こえてくる。

さて、もうひとりの男。……これはいうまでもなく張り込みの私服刑事なのである。新井刑事はキャバレーの壁に背をもたらせて、これまた所在なさそうに、しきりにたばこを吹かしている。天運堂ともおなじみになっているとみえて、おりおり冗談をいいあったりした。しかし、このキャバレーへ出入りする人物があるたびに、新井刑事の眼がキラリと光り、さりげなく相手を観察することを忘れなかった。

その刑事が突然、ぎっくりしたように眼をみはると、慌てて帽子のふちをおろし、たばこに火をつけるような格好をしたので、天運堂もおやとばかりに、きせるに刻みをつめかえながら、さりげなく刑事の様子をうかがっている。

むこうからきた男が、キャバレーの入口正面まできて立ちどまった。そして、あたりを見まわすと、ちょっと躊躇したのちになかへ入っていった。五十前後の、痩せぎすな洋服を着た男で、謹直そうなその顔立ちが、ちょっとこのキャバレーの客種と変わっている。

ところで、この男を見て新井刑事がなぜ驚いたかといえば、彼は相手を知っていたのである。

その男というのは、襲撃された銀行の支店長、——例の紙幣の番号をひかえておいた人物である。名前は日置重介。

新井刑事の胸はにわかにドキドキ躍りだした。

あの支店長がなんだって、こんな怪しげなキャバレーへくるのだろう。ここは銀行屋のごとき謹直な人物のくるべき場所ではない。ことに日置重介は、まじめな、物堅い人柄として知られている。ヤミ屋の根拠地のようなこのキャバレーへ、足を踏み入れるような人物では絶対にない。

新井刑事はたばこを吸いながら、急がしく胸のうちで思案をしていたが、やがてボイと、つけたばかりのたばこを捨てると、ゆっくりとした足どりで、キャバレーのなかへ入っていった。あとにはいま捨てたばかりのたばこが、薄白い煙をあげている。

と、例の天運堂が、見台のむこうから立ってきて、ていねいにその吸殻を踏みにじった。

それからガラス戸越しにキャバレーのなかを見ていたが、ふと人の気配を感じて後ろを振り返った。

見台のまえに男がひとり立っている。天運堂は慌てて自分の席へかえった。

「手相ですか、人相ですか」

しかつめらしく、筮竹をならしながら、天運堂は相手の顔をふりあおいだ。

男はしかし、それにたいしてなんの返事もしなかった。ぼんやり眼をみはって焼跡をながめ、それから明るいキャバレーの入口へ眼をやった。妙に空虚な感じのする眼つきだった。

天運堂は筮竹をおくと、下からまじまじと男の顔を眺めた。年ごろは二十七、八、悪い人相ではないが、無精髯のもじゃもじゃ生えた顔が、なんとなくうさん臭い。帽子はかぶらずに、髪の毛がくしゃくしゃに乱れている。洋服の着こなしにも、どこか尋常でないところがあった。

ふいに、天運堂は大きく息をひといき吸った。小鼻をふくらませ、ふくらんだ鼻翼がぶるぶるふるえた。度の強い眼鏡の奥で、眼がはげしくまたたいた。

天運堂は腰掛けから立ち上がると、見台のむこうへまわって、男の肩をたたいた。

「おい、大将、どうしたんだえ。すっかり毒気を抜かれたかたちじゃないか」

男は天運堂の顔を振り返ったが、その表情には少しも感情のうごきは見られなかった。

天運堂はまた男の肩をたたいた。

「兄い、しっかりしなよ。どうしたんだい、いい若いもんが……」

だが、そのとき、天運堂は五、六間むこうの暗闇に、ふたりの男が立っているのを見て、慌てて男の背中から手を離した。暗闇のなかの男が手をふって、相手をかってにさせておくようにと、合図をしたからである。

天運堂は急いで自分の席へかえった。なんとなくおののく指で、きせるにたばこをつめかえた。不思議な男は、ふらふらと天運堂のまえを離れると、しばらく明るいキャバレーの入口を眺めていたが、やがてよろめくようになかへ入っていった。

暗闇のなかに立っていたふたりの男が、すぐつかつかと天運堂のそばへ近づいてきた。

「いまの男、何かいったか」

そういう口の聞きかたからして、警察のものであることがすぐわかる。ふたりともむろん私服だった。天運堂は無言のまま首を左右にふった。

ふたりの私服は眼を見かわしながら、低声でなにやらささやいていたが、これまたキャバレーのなかへ入っていった。

天運堂はスッパスッパとやけにたばこを吸いながら、何やら心のなかで思案をしている……。

キャバレー・ランターン

ちょうどそのころランターンでは、季節には少しはやいが花祭りの催しが売り物になっていた。造りものの桜の枝を、館内いっぱいごてごてと飾ったところは、趣味も悪くて、月並みだが、そのかわり賑やかなことは賑やかだった。団子つなぎの紅提灯も、調和していないところが調和している。

なにしろ騒々しい。だれが怒鳴るというわけではないが、男も女も体内でアルコールが発酵している。なんでもない会話のひとつひとつが、たばこの煙とともに渦をまいて、ホールの中で爆発する。

舞台の上ではジャズバンドがうなりたて中央のホールでは手をとりあった男と女が、

頬と頬とをくっつけてうごめきあい、ひしめきあっている。芋を洗うようなという形容もかならずしも誇張とは思われなかった。戸外はまだ夜気がうすら寒いのだが、館内はむっとするような陽気で、踊っている男も女もみんなじっとり汗ばんでいる。昭和二十二年のことだから、衣装はみんな粗末なものだったろう。

午後十時。

マダムの雪枝はこの暑さに、汗で化粧くずれがするのを気にしながら、いちばん奥のブースに座っていた。年齢は二十七、八だろう。すらりと背のたかい、眼鼻立ちのかっきりとした、潤いだとか、陰翳だとかを礼賛するひとにはどうかと思われるが、ぱっと眼につく器量である。

伊藤雪枝はこのキャバレーが開店するとまもなく雇われてダンサーとして通っていたが、いつのまにやら、経営者の寺田甚蔵とねんごろになって、近ごろではだいたいここをまかされたかたちになっている。そういうところからみると、器量もよいが腕もよい女らしい。

「ちょっ、いやんなっちゃうわねえ。しつこいったって、いつまであんなことつづけるつもりだろう」

小さくたたんだハンカチで、そっと額の生えぎわをおさえながら、雪枝は眉をしかめて舌打ちする。

「なに、むこうは勤めだから……」

と、無造作にこたえたのは用心棒の鎌田梧郎である。

「いくら勤めだからってさ」

「べつにここってはっきり目串をさしてるわけじゃないんでしょうから、そう気にすることはありませんよ」

「目串をさされちゃたまらない。目串をさされるようなことはないんだもの。だけど気にしないじゃいられないわよ。ああ、毎晩、私服に張り込みをつづけられちゃ、商売にだって差し支えちゃう」

「ま、その心配はないでしょう」

「ないことはないわよ。ここいらへくる客、どうせ、まともな連中じゃないんだから」

雪枝はホールにひしめきあっている連中を見わたしながら、

「私服が毎晩、張り込んでるなんてことがわかってごらん、だんだん寄りつかなくなってしまうわ。梧郎さん、あんたの腕でなんとかできないかしら」

「いくらおれが用心棒だって……」

と、梧郎はがっちりとした、広い肩をゆすぶりながら、

「相手が警察じゃあねえ。こいつ、あんまりじたばたしないほうがいいんじゃないんですか」

「意気地がないのね」

雪枝は鼻のうえに皺をよせてあざ笑うと、

「だけど、梧郎さん。それ、ほんとのことでしょうね」

「それって……？」

「いえさ、私服の張りこんでるわけよ。銀行破りの一件だなんて、態のいいことといってるけど、ほんとのことをいうと敵は本能寺で、何かほかにあてがあるんじゃない？」

「まさか。……しかし、マダムに何か心当たりがありますか。警察に眼をつけられるような」

「嘘よ！　そんなこと嘘よ！」

「と、はっきりいいきれますか」

「そりゃ……そりゃまあ、こんな商売をしていれば、叩けばどこからか埃は出るわ。だけど、ああ、しつこく私服に張込みをつづけられるような……」

「いいや、おれのいってるのはそんなことじゃない」

梧郎はテーブル越しに、大きな体を乗り出すと、肉のあつい掌で雪枝の手をおさえた。

「いったい、寺田さんというひとはどういうひとなんだい、何で金を儲けたひとなんだい」

梧郎の瞳が急にギラギラ熱っぽくなってきた。肉のあつい、牡牛のような体をした男で酔っ払いをつまみ出すときの表情など、獰猛なものがある。

「それ、なんのことなの？」

雪枝はそっと男の掌から、自分の手を抜きとると、慌ててあたりを見まわした。それからしゃんと体をまっすぐにすると、まともから梧郎の顔をきっと見すえた。

「つまらないことといわないでよ。これでもあたしはここのマダムよ」

と、雪枝の声は思わずかん走った。

梧郎も体をまっすぐに起こすと、両手をポケットにつっこんで、上からまじまじと女のようすを眺めている。その瞳にはおさえきれぬ怒りの色がもえていた。

雪枝と梧郎はそうとう古い仲なのである。

雪枝が銀座裏のダンス・ホールでダンサーをしていたころ、梧郎はそこの常連だった。梧郎は大学時代ボクシングの選手をしていたことがあるが、その体に雪枝が惚れたのである。ふたりはまもなく同棲したが、そのうちに梧郎が応召した。雪枝もダンス・ホールが閉鎖されたので上海へわたった。

梧郎は昭和二十一年の春に南方から帰還してきたが、その秋、キャバレー・ランターンで用心棒をもとめていると聞いて応募したところが採用された。そして、そこではからずも雪枝とめぐりあい、ふたりの仲はいつか撚りがもどっていた。

しかし、雪枝はもう昔の雪枝ではなかった。戦争でさんざん苦労をし、戦後のあの苛烈な引揚者の生活をあじわってきた雪枝にとって、キャバレーの用心棒よりも、経営者のほうがたのもしかったのも無理はない。

雪枝は梧郎から寺田へと寝返りをうち、梧郎はまんまと苦汁を飲まされたのである。

それにもかかわらず梧郎はなぜこのキャバレーを出ていかないのか。何か彼をこのキャバレーにひきつけるものがあるのだろうか。雪枝は梧郎をおそれながら、いっぽうそれを不思議に思っている。それと同時に雪枝の胸には、いま梧郎にいわれた言葉が、かたいしこりとなって残っているのだ。

雪枝もまた寺田甚蔵というのがどういう人物なのか、また、いったい何で金を儲けた男なのか知っていない。しかし、そのことは、たいして雪枝にも苦になっていなかった。昭和二十二年ごろにはそんな人物はザラだった。

その時分、金を持っている男で、まともな人物は珍しかったといっても、必ずしもいいすぎではなかったろう。

だから、雪枝が苦にしているのは、寺田甚蔵というのがいかなる人物であるかということにあるのではなく、このキャバレーの経営権のことである。

キャバレーのマダムとして、だいたいのことを雪枝はまかされているとまえにもいったが、それは文字どおりだいたいのことで、根本的なことに関しては、いまでも寺田がしっかりおさえているのである。雪枝がどんなに露骨にせがんでも、寺田は絶対に金庫の鍵を雪枝にわたすような男ではなかった。

結局、自分はこの男におもちゃにされ、利用されているのではないかという不安が、だから、雪枝の胸にはしじゅうくすぶっているのである。そして、梧郎もそれに気がついているのだと思うと、雪枝はいっそういらだちをおぼえ、思わず梧郎を怒らせるような言葉を吐いたのだった。

　こうしてふたりのあいだに敵意にみちた気持ちでにらみあいがつづいているとき、支店長の日置重介がやってきて、それから少しおくれてあの奇妙な男が、ふらりとこのキャバレーへ入ってきたというわけである。

　猫だ！　猫だ！


「おや……？」

　さっき雪枝と用心棒の鎌田梧郎が、気まずいにらみあいをつづけていた、マダム専用のブースから、かすかな叫び声をあげて体を乗り出したのは、意外にも銀行の支店長、日置重介である。

　このブースへ案内されるところをみると、彼はかなりマダムと懇意になっているらしい。世間の信用ということをいちばん大事にする銀行員が……しかも支店長ともあろうものが、どうしてキャバレーのマダムのような種類の女と、そんなにねんごろになったのだろうか。

「あら、日置さん、どうかなすって？」

　日置のためにジンジャーエールをとりにいっていたマダムの雪枝は、大きく眼を見ひらかれた相手の顔に気がつくと、銀盆をそこにおいて日置の視線を追って入口のほうを振り返った。

そこに立っているのはあの不思議な、妙に空虚な感じのする男だ。

「日置さん、あなたあの人ご存知ですの？」

「マダムはいまあの男に話しかけていたようだが……」

「ええ、なんだかぼんやりしていらっしゃるので、どうなすったのかと思って……」

「あの男、何か返事をした？」

「いいえ、それがぼんやりあたしの顔を見てなんだか悲しそうに首をふるのよ。あなた、あのひとご存知なの」

雪枝はかさねて訊ねたが、日置は返事をしなかった。眼動ぎもしないで、あの不思議な男を凝視していたが、男の背後から入ってきたふたりの人物を見ると、彼の眼はいよいよ大きく見ひらかれた。

「まあ、あれ、警察のひとね」

長いこと、いろんな商売をしてきた雪枝は本能で警察官を嗅ぎわけるのだ。押し殺したような声でささやいた。

「そう、背の高い、ずんぐりとした男……あれは等々力という警部です。もうひとりのほうはきっと刑事でしょう」

「まあ、いやぁね」

と、雪枝はしんからいやそうに眉をひそめて、

「あのふたり、きっとあのぼんやりしている男をつけてきたのね。だけど、あのひとど

ういうひとなの。気でも違ってるんでしょうか。妙にぼんやりした顔をしてるじゃあない？」

「あれ……？」

と、日置は汗ばんだ手をハンカチでこすりながら、

「あれは佐伯誠也という男なんだ。気が違ってるわけじゃないが、記憶を失っているんです」

「あっ、それじゃあの銀行盗賊の……？」

と、マダムの声が思わずかん走ったので、近くのブースやテーブルのひとびとがいっせいにマダムのほうを振り返り、それからマダムと日置の視線を追って、あの奇妙な男の存在に気がついた。

「あの男が、しかし、どうしてここへ……？」

日置は不安そうに呟いて、ブースからつと立ち上がると、五、六歩そのほうへいきかけたが、思いなおしたのかその場に立ちどまって様子を見ている。

日置にもやっと佐伯誠也がこのキャバレーへ、姿をあらわした理由を諒解することができたのだ。

記憶を失った佐伯誠也を、彼の射たれた現場へ連れてきて、反応をためそうというのに違いなかった。

あの劇的な事件の起こった場所へふたたび連れ出したら、ブランクになった彼の記憶

になんらかの刺激をあたえ、そこから重大な意味を掘り出すことができるのではないか。

……それが、今夜の等々力警部の試みに違いない。

日置支店長はにわかに緊張で頬をこわばらせた。

佐伯誠也は、しかし、そんなことにはいっこう気がついていないらしい。ぼんやり立ってきょろきょろあたりを見まわしている。あいかわらず空虚な眼の色だった。

そこへ用心棒の鎌田梧郎がつかつかと近よっていった。そして、後ろから両手を肩にかけて、相手の体をゆすぶるようにしながら何か声をかけていた。

しかし、そばから等々力警部になにか注意をされると、ギョッとしたように振り返り、すぐに相手が何者だかさとったらしく、肩をゆすって佐伯のそばを離れた。そして、気味悪そうに佐伯の顔をのぞきこむと、ふらりふらりとこちらのほうへ歩いてくる。

いまはちょうどアトラクションの時間で、舞台ではタップ・ダンサーがタップを踏んでいた。したがって中央ホールはがらあきなのである。佐伯は両手をポケットにつっこんだまま、ふらりとそのホールへおりたった。そして、まるで雲でも踏むような足どりで、ふらりふらりとそこらじゅうを歩いている。気の抜けたような、妙に空虚な表情は、彼を見るひとびとに、いちように一種、うすら寒いような刺激をあたえたに違いない。

だれもかれもが、彼に気がつくとともにふいと押しだまってその後ろ姿を見送っていた。ステージの上のダンサーまでが、タップの靴音をひびかせながら、まじまじと上から佐伯を見守っている。

ホールの少し右寄りに、かなり大きな池が掘ってある。池の中央にはコンクリートで塗りかためた岩があって、岩の上に裸身の像が、踊るようなかっこうで、片手をたかく差し上げている。天を差したその指先から、ちょろちょろと水が吹き出している。

佐伯誠也は不思議そうな顔をして、女の像を眺めていたが、やがてまた、軽く首を振りながらふらりふらりふらりと池のまわりを歩きだした。

暑い。むしむしする。

佐伯は上衣をとった。それを片手にかかえたまま、ふらりふらりと歩いている。

タップ・ダンスはようやく終わりに近づいてきた。そこで奥から出てきたのは、つぎの出番の江口緋紗子(えぐちひさこ)、ジャズ・シンガーである。舞台の袖への入口は、マダムのブースのすぐ背後にある。

緋紗子はそこまで来てふと立ち止まると、不思議そうに首をのばしてキャバレーのなかを見渡した。いつも喧騒をきわめているホール全体が、その瞬間、水をうったようにぴたりと静まりかえっているのを妙に思ったからである。

江口緋紗子はまだ若い。二十二、三であろう。頬骨が少し高いのを難として、まずは美人の部類である。だが、緋紗子の魅力は、美人であるといなとにかかっているのではなかった。

こういうキャバレーへ出演する芸人として、彼女は不似合いなほど純潔な感じのする女であった。いや、感じがするのみならず、じっさい彼女はうぶだったらしい。酔っ払つた。声はよかった。唄もよかった。しかしジャズ・シンガーとして彼女はまだ修練が足りないようだ。

緋紗子は不思議そうに、キャバレーのなかを見まわしていたが、やがてひとびとの視線がいちように、ある一点にそそがれていることに気がつくと、彼女もそれらの視線を追っていった。そして、はじめて佐伯の存在に気がついた。

「あっ!」

と、いうかすかな叫びが彼女の唇からもれた。本能的に緋紗子は二、三歩まえへ踏み出したが、つぎの瞬間、はっとしたように立ち止まり、また後ろへ引き返した。

その瞬間、ホールの電気という電気が、いっせいにパッと消えたのである。

あっ!

と、いうような叫びがつなみのように、ホールの隅から隅へと湧きかえった。電気をつけろと叫ぶもの、床を踏みならすもの、だがその喧騒がおさまると、急にホールの中はシーンと静まりかえった。ジャズもやんでいる。そして、暗闇の底から、タップの靴音だけがつづいているのが、妙にひとびとの神経をいらだたせる。

そのときである。あの妙な、ものに怯えたような呻き声が暗闇の中から聞こえてきたのは……。

「あっ、暗闇の中に何かいる。おお。猫だ! 猫だ! 猫がこっちを狙っている」

ズドン！

ピストルが鳴った。ううむという叫び。だれかがホールを駆けぬける。

「だれも動くな。警察の者だ。電気――電気をつけろ！」

等々力警部の声なのである。

それから、三分ほどの後、パァーッとひとを小馬鹿にしたように電気がついた。

佐伯誠也が噴水のそばに倒れている。等々力警部がそれを抱き起こしていた。佐伯誠也、こんどはもののみごとに心臓を射ち抜かれて死んでいた。両手にしっかり上衣の襟をにぎったまま……。

等々力警部は眼をあげて、そこから対角線を引いた位置にきっと瞳をすえた。ピストルの音はそのへんから聞こえてきたのだ。そこにはジャズ・シンガーの江口緋紗子が、着ている純白のイブニングよりも、もっと白い顔をして立っている。しかも、その手にはまだ薄煙の立っているピストルが。

その緋紗子の肩をしっかり抱いているのは用心棒の鎌田梧郎である。マダムの雪枝はブースの背に片手をかけて、おびえたような顔色で、緋紗子の手にあるピストルを見つめている。その五、六歩まえに、支店長の日置重介が、いまにも飛び出しそうな眼つきをして、噴水のまえに倒れている佐伯誠也と、江口緋紗子を見くらべている。

突然、キャバレーの内部がわっとばかりにけいれんした。

天運堂の仮説

近ごろではあまり見ないが、その昔、場末の映画館などでは、機械の故障で、ときおりフィルムの回転が止まることがあった。いままで動いていた人物が、そのままの姿勢でぴたりとスクリーンの上で釘づけになる。見ていて、まことに変てこな気がするものである。

電気がついた瞬間の、キャバレー・ランターンのなかがそのとおりだった。回転をとめたフィルムの中の人物のように、だれもかれもが一瞬化石してしまったのである。椅子から半分腰をうかしかけたままの姿勢でいるものがある。ビールのコップを口に持っていこうとして、そのまま釘づけにされたものもある。キャバレー・ランターンの内部はいまや大きな活人画だ。

だが、この大きな活人画も、突如、女の金切り声によってやぶられた。

「いいえ、いいえ、あたしじゃない。あたしじゃない。あたしじゃないわ。あたし、なんにも知らないのよ。だれかが暗闇のなかでピストルを投げ出したのよ。それがあたしの靴の爪先にあたったのよ。あたし、なんにも知らずに拾い上げたのよ。あたしじゃない、あたしじゃない。あたしじゃないのよう」

ジャズ・シンガーの緋紗子なのである。ピストルを投げ出して、金切り声をあげて、泣いて、叫んで、せきあげて――それからすうっと血の気がひいていった。全身が針金のように硬直してきた。

「危ない！」

抱きとめる梧郎のたくましい腕のなかへ、緋紗子は朽木を倒すように倒れかかった。ヒステリーの発作を起こしたのである。マダムの雪枝がジロリとそれを横眼でにらむ。

「おれは警察のものだ」

大事な証人を殺された等々力警部は怒り心頭に発したという顔色である。ギラギラした眼であたりを睥睨しながら、

「だれも許可なしにここを出ちゃならんぞ」

それから警部は部下を呼んだ。刑事はふたりいる。背から張り込んでいる新井刑事と、警部が連れてきた木下刑事と。警部が何か耳打ちすると、すぐにふたりは別れて走った。

新井刑事が正面入口へ走っていくと、びっくりしたような顔をして、なかをのぞいている天運堂にバッタリ出会った。

「おお、天運堂か。いま停電があったのを知ってるか」

「おお、あの停電はここだけだったようじゃが、刑事さん、何かあったのかな。ピストルの音が聞こえたようだが……」

「そんなことより、電気が消えてからだれもここから飛び出したものはないか」

「いや、そんなものはなかったが、刑事さん、いったいなにごとが起こったのじゃな。

女の子がヒステリーみたいに叫んでいたが……」

「人殺しよ、人殺しが起こったのだ。ああ、そうだ。おまえも証人のひとりだから、なかへ入って待っていてくれ」

「それは、それは……」

と、天運堂はそれほど怖れるふうもなく、スリッパを借りてのそりのそりとなかへ入ってきた。

さて、もうひとりの木下刑事は奥へ走った。そして電話を借りて警察へ電話をかけると、そのあとで料理場から外をのぞいている連中を呼び集めた。ここの酒場は正面入口のそばにあるのだが、料理場はホールの奥にある。

「電気を消したのはだれだ」

コックは三人いたが、顔を見合わせるばかりで返事はなかった。

「スイッチはどこにあるんだ」

コック頭がだまって廊下を指さした。そのスイッチはホールと料理場をつなぐ廊下にありその廊下はすぐ裏口へ通じている。したがって裏口から入ってくると、ホールも料理場も通らずに、スイッチに近づくことができるのだ。それと同時に、廊下の一端には便所があるから、ホールの客でも便所へいったふりをして、スイッチに近づくことができるわけだ。

「だれだ、電気を消したのは……?」

と、木下刑事は唖のような三人のコックをにらみすえていたが、急に気がついたように、

「いや、それじゃだれが電気をつけたんだね」

「そりゃ、あっしですがね」

ビール樽のように肥ったコック頭が、のっそりとした調子で答えた。

「おまえが……？」

「ええ、そうですよ。あっしははじめまた停電かと思ったんです。近ごろじゃ電気の消えるのは珍しかぁありませんからね。だからたいして気にもとめずにたばこを吸ってたんでさあ。そのうちにどこかでピストルの音がした。おやと思って窓から外をのぞくとよそは電気がついている。そこでおかしいと思って手さぐりに廊下へ出てスイッチをひねると……」

パッと電気がついたというのだ。

「すると、だれがスイッチを切ったか知らぬというんだな」

「知りません。料理場のドアはぴったり閉まっていましたからな」

木下刑事から以上の報告を聞いて、等々力警部はにがりきっていた。

「すると、こういうことになるんだな。つまりだれかが裏口から入ってきたか、それともだれかが便所へいくふりをして廊下へ出て、そいつが電気のスイッチを切って暗闇にした。それからホールの入口まできてピストルをぶっぱなした。木下君、あのピストル

はたしかあのへんから射たれたようだったね」

「ええ、わたしもそう思いました。しかし、警部さん、ひょっとすると共犯者がいるんじゃありませんか。つまりスイッチを切ったやつとピストルをぶっぱなしたやつとは別人だったんじゃありませんか」

「何！」

「しかし、どちらにしても犯人は、猫のように暗闇の中でも眼が見えるに違いないな」

等々力警部と木下刑事が弾かれたように振り返ると、天運堂がとぼけた顔をして立っている。

「なんだい、君は……？」

「ここの表に店を出している天運堂という大道易者だがな。ちょっと警部さんにご注意をしておこうと思ってな」

「それくらいのこと、君たちの注意をうけるまでもない。よけいなことをいわないで、向こうへいっていたまえ」

「いや、警部さん、わしがご注意しときたいというのはそのことじゃない。犯人は裏口から入ってきたのかもしれない。また、客の中にいるのかもしれない。あるいはこのキャバレーの従業員のなかにいるのかもしれん。しかし、どっちにしてもその犯人は、まだこのキャバレーにいるんですぜ」

警部は思わず眼をまるくした。

「どうして、君にそれがわかるんだ」

「ピストルじゃがな」

「ピストル？」

「そう、犯人はなぜピストルを投げ出していったのかな。暗闇に乗じて外へ飛び出したのなら、ピストルを投げ出していく必要はないわけじゃ。同じ捨てるにしても、外にはいくらでも捨てる場所がある。それをここへ投げ出していったというのは、犯人がまだそのへんにいる証拠じゃないかな。あとで身体検査をされることを考慮にいれたから、一刻も早くピストルを手離しておく必要があったんじゃろ」

それだけいうと天運堂はにやりと笑い、いまにもずり落ちそうな揉烏帽子を片手でおさえ、ペコリとひとつお辞儀をすると、飄々（ひょうひょう）として、向こうのほうへ歩いていく。

木下刑事はギロリと懐疑の眼を光らせながら、

「ちきしょう！」

と、いまいましそうに呟いた。しかし、等々力警部はいまの天運堂の仮説のなかに、強い真実性のあることを認めずにはいられなかった。

写真の語る事実

木下刑事のかけた電話で、まもなく係官が大勢駆けつけてきた。医者もやってきたが、じっさいのところ、医者のする仕事というのはほとんどなかったのである。

記憶喪失者の佐伯誠也はみごとに心臓をつらぬかれて死んでいた。ただ、それだけのことである。ピストルが少なくとも、一メートル以上離れたところから発射されたこと。即死であること。そんなことは医者から聞くまでもない。その場にいあわせたものならだれでも知っている。ピストルには緋紗子の指紋以外、だれの指紋もついていなかった。

駆け着けてきた応援巡査の手伝いでキャバレーの中にいた連中は申すに及ばず、天運堂までが厳重な身体検査をうけた。警部はそのことを、天運堂の暗示によるものでないとかたく自分で信じている。そんなことはこういう場合、だれでもやることではないか。

くそッ！　だが、その結果はむだだった。だいぶ、いかがわしい所持品を見つかった連中もあったが、それは余興で、こんどの事件に関係のありそうな証拠は何ひとつ発見されなかった。

「ざまア見ろ！」

と、警部は心中呟いている。

「結局、犯人は裏口から飛び込んできて、暗闇に乗じて裏口から逃げ出したのではないか」

だが……それにもかかわらず警部はやはり天運堂の仮説の合理性に執着せずにはいられなかった。

犯人はこの中にいる。自分の眼のとどくところにいる。……警部はしだいにじりじり

してきた。したがって、

「すると、なんだな、ピストルの音は、君のすぐ背後で聞こえたというんだね」

と、江口緋紗子を詰問する警部の声は鋭かった。

「ええ、あたし舞台の入口まできて、ホールのほうを見ていたんです。すると、突然電気が消えて、間もなくすぐ後ろからピストルの音が聞こえたんです」

キャバレー・ランターンの二階は事務室だの、マダムの部屋だの、アトラクションに出演する芸人の控え室などになっている。その控え室のソファの上で、緋紗子はやっと正気にかえったのである。

「で、そのとき、君の周囲にいたのは……？」

「さあ、電気の消えるまえのことは記憶がありません。ホールのほうに気をとられていましたから。電気がついてからはあたしの後ろに用心棒の鎌田梧郎さん、それからすぐまえのブースにマダムが……それから、そこから二、三歩まえにマダムの客が立っていました」

「マダムの客とは銀行の支店長、日置重介氏のことだね」

「はあ」

「君はあの男が銀行の支店長だってこと知ってたのかね」

「はあ、だれが教えてくれたのか忘れましたけれど……」

「すると、あの男、ときどきここへくるのかね」

「ええ、やはりこのキャバレーが気になるんじゃないでしょうか」

「君はその銀行が去年襲撃されたってことも知ってるんだね」

「ええ、あのころ大変な評判でしたもの――それに近ごろ刑事さんが張り込んでいらっしゃるのもそのせいだってこと聞きました」

「だれがそんなこといったんだね」

「鎌田さんが……」

「鎌田……？　ああ、用心棒だね。ときに江口君」

と、そこで警部の言葉が急に改まった。

「君は殺されたあの男を知ってるらしいというがほんとうかね」

「まあ、だれがそんなことというんですの」

「マダムだよ」

「まあ、マダムが……？」

「そう、君はホールへ入ってきてあの男の姿を見ると、ひどく驚いたそうだね。その驚きかたが、尋常じゃなかった。君はきっとあの男を知ってるに違いない――と、こうマダムはいってるんだ」

緋紗子はきっと唇をかんだ。それから蒼褪(あおざ)めた顔を上げると、

「そんなこと、嘘ですわ。マダム、何か感ちがいしてらっしゃるんですわ。あたし、あのひとの様子があまり妙だったもんですから、それで、いくらか驚いたかもしれません

が、ひどく驚いたなんてそんなこと――」

「間違いだというんだね」

「はあ」

等々力警部の言葉に妙に力がこもっていたので、緋紗子はにわかに不安がこみ上げてきたらしい。さぐるように警部の顔を見つめていたが、急にはっとしたように化粧ダンスを振り返った。

そこには緋紗子のハンドバッグが投げ出してある。そのハンドバッグは口が開いて中味が全部、鏡のまえに投げ出してあった。それを見ると緋紗子の頬から、退潮のように血の気がひいていった。

「あっはっは、江口君、君が心配しているのは、この名刺入れのことじゃないかね」

あかね色の可愛い名刺入れ、緋紗子はそれを見ると絶望的な恐怖に顔をゆがめた。

「今夜殺された男、君はあいつを知らぬという。ところが君の名刺入れには佐伯誠也という名刺が入っている。佐伯誠也――今夜殺されたあの男の名前だね。それればかりじゃない。この名刺入れには写真が一枚入っている。江口君、この写真の主はだれとだれだね」

刑事が取り出した写真には若い男と女が、木立の下に立っているところが写っていた。女はたしかに緋紗子である。そして男は……、

「佐伯誠也だね。江口君、名刺だけなら他人が入れたと逃げることもできるだろう。だ

が、この写真——君と佐伯とならんで写ったこの写真——江口君、これじゃまさか、佐伯を知らぬとはいえぬだろうな」

ちょうどそのころ、階下のホールの隅っこでは、天運堂が新井刑事を相手にしきりに饒舌(じょうぜつ)を弄(ろう)していた。

「つまりじゃね。刑事さん、問題は暗闇のなかで、どうしてああも正確に、ピストルの狙(ねら)いをつけることができたか——と、いうことにあるんじゃね。もし、間違った人間を射ったんじゃないとするとね」

「間違った人間——？　いいや、爺(じい)さん、それはそうじゃないだろう。被害者は警察当局にとって重大な証人価値を持っている男だからな」

「と、すればいよいよそこが問題ということになるな。第一、人違いであろうがなかろうが、ああも正確に心臓を狙えたというのがおかしいじゃないかな」

「と、すれば犯人はやはり猫のように、暗闇の中でも眼が見えるということになるのかね」

「そういえば、刑事さん、殺された男、射たれるまえに妙なことをいったというじゃないか。猫がどうしたとかこうしたとか——」

「ああ、暗闇の中に何かいる。おお、猫だ！　猫だ！　猫がこっちを狙ってる！……と、たしかそんな言葉だったね、爺さん」

「変じゃね。暗闇のなかでどうして猫がいるなんてことがわかったのかな。殺されたやつも、そうすると、暗闇のなかで眼が見えるということになるのかな」

「まったく変だよ。爺さん。ひとつ八卦で占ってみてくれんかね。あっはっは」

刑事は笑ったが天運堂は笑わなかった。銀ぶち眼鏡の奥で子細らしく眼をショボショボさせながら、

「つまりじゃねえ、刑事さん、問題はこういうことになるな。犯人がなぜ電気を消したか――むろん犯人が偶然の暗闇を利用したなんてことは考えられん。自分で消したか、共犯者が消したか。とにかく犯行直前に犯人の意志で電気を消したんじゃね。と、いうことは、犯人は暗闇のなかでも、十分目的物を正確に、狙撃しうる自信をもっていたに違いない。と、すると……」

と、天運堂はなおも饒舌をつづけようとしたが、そのとき、正面入口から入ってきた男を見ると、ぎっくりしたように言葉をきった。刑事もそのほうを振り返ると、それはこのキャバレーの経営者、寺田甚蔵だった。

寺田甚蔵はぴったりと身についた、渋好みの背広を着ていて、外套を左手に持っている。年齢は五十前後で、いくらか白いもののまじった髪をきちんとわけて、きれいに剃った頬から顎への線が、きびしいほどの鋭角をつくっている。痩せぎすな、しかし、どこか針金みたいな強靭な感じのする男だ。

寺田は警官をつきのけるようにして、ホールのなかへ入ってきた。きびしい、しかし、いくらか疑いのこもった眼であたりを見まわしながら、

「どうしたんだ。なぜ音楽をやらないいんだ。なぜ、アトラクションをやめてしまったのだ。なぜ、みんなお通夜みたいに不景気な面アしてるんだ」

そこへマダムの雪枝と、用心棒の鎌田梧郎が駆けよってきた。

「マスター、たいへんよ。いまここで人殺しがあったのよう」

「な、な、何？　ひ、人殺しだってえ？」

と、仰山そうに叫んだ寺田甚蔵の顔色には、しかし、なんとなく不自然なところがあった。そこへ、等々力警部が二階から江口緋紗子をつれておりてきた。

毒

「いや、それはわたしも知ってましたよ。ここを刑事さんが見張ってるってこと。それから、その理由も……」

と、マダム専用のブースのそばにテーブルをよせて、そこが取りあえず捜査本部という格好である。

等々力警部に寺田甚蔵、日置支店長にマダムの雪枝がブースをしめて、そばのテーブルには江口緋紗子がただひとり、蒼白い顔をしてしょんぼりとひかえている。用心棒の鎌田梧郎は寺田甚蔵の命令で、飲物をとりにいったところである。

「まあ、それじゃマスターはあれを知ってらしたの」

と、雪枝は甘ったれるように寺田の腕を両手にまいて、頭を肩によせている。

等々力警部はにがにがしげな顔色で、ふたりをジロジロ眺めている。日置重介は顔をそむけた。

「ああ、知ってたんだよ。雪枝」

「それでマスターはそれが気にならなかったんですの。お店の人気にさわらないかって」

と、雪枝の声はいよいよ甘ったるいのである。

「何をいってるんだい、雪枝」

と、寺田は渋い微笑をうかべて、

「おれはかえってそれを喜んでいたんだよ」

「喜んでいたとは……？」

と、等々力警部もちょっと驚きの色をうかべ、瞳に猜疑の色が走った。

「ええ、そうですよ。警部さん」

と、寺田はいよいよ渋い微笑をふかくして、

「喜んでいたどころか、わたしはそれとなしにそのことを宣伝さえしていたんです」

「あら、まあ、どうしてなの、マスター」

またしても雪枝の声が甘ったるい。

「どうしてってね、雪枝、今夜のお客さん、いや、今夜とかぎらず近ごろいらっしゃるお客さん、ほとんどが宝探しにいらっしゃるんだ。七十万円という紙幣束の行方を求め

てね。あっはっは」

　寺田甚蔵のいささかトゲのある笑い声を聞いたとき、等々力警部はこみあげてくる怒りをおさえかねたように、両の拳(こぶし)をにぎりしめた。さすがに雪枝もぎくっとばかりに寺田の肩から頭を離すと、

「あら、まあ、マスターは凄いのねえ」

　と、あきれたように相手の顔を見なおした。

「あっはっは、何事も宣伝の世の中だからね。あらゆるチャンスを利用しなきゃあ……」

　この男は自分たちがあんなに頭脳を悩ましていた問題を、おのれの商法に利用していたのかと、等々力警部はにくにくしげに相手の顔をにらみながら、

「それで、寺田さん、あんた、まさかその宝探しに成功なすったんじゃないでしょうな」

　と、ポキポキと木の枝を折るような調子である。

「いやあ、ところがわたしときたら宝探しや宝籤(たからくじ)、そういうことにはいたって縁のないほうでしてね。宝探しなどにひまをつぶしているあいだには、儲け仕事を考えたほうがましですからね」

「儲け仕事って、いったい、どういうお仕事をしてらっしゃるんです？」

「いやあ、それはあなたがたのほうで、すでに調査ずみじゃないですか。あっはっは」

　先手先手をとられて等々力警部は、またギロリと相手をにらみすえる。

　この男が法とすれすれの非常に巧妙なやりくちで、莫大な収益をあげていることは、

すでに警視庁でも調査ずみで、どうにも手のつけようのないやりくちが、捜査当局をくやしがらせているのである。

そこへ用心棒の鎌田梧郎が銀盆にカクテル・グラスを六つのせてもってきた。江口緋紗子が立って一同にそれを配る。

「緋紗ちゃん、君にも甘いのをこさえてきてあげたよ」

「いいえ、鎌田さん、あたしお酒飲まないことにしてるんですの」

「まあ、そういわないで飲んでいたほうがいいよ。また、貧血を起こすといけないからね。これ、酒ってほどのものじゃないんだから」

梧郎が緋紗子にカクテル・グラスをすすめているのをみて、

「ふっふっふ、見せつけるわねえ」

と、雪枝がからかうあとから、

「あっはっは、雪枝、妬けるのかい」

と、寺田甚蔵があざわらった。

「あなた」

「おや」

と、カクテル・グラスを手にした寺田はふとむこうを見るとびっくりしたようにグラスをおいて腰をうかした。

「あなた、どうかして」

「雪枝、むこうにいるのはだれだ。あの大道易者みたいななりをしたやつは？」

「あら、あれ、表に店を出している天運堂じゃありませんか」

「天運堂……？」

と、寺田はギロリと雪枝を見て、

「ば、ばかな！　天運堂ならさっき新橋裏で出会ったぜ。ひょろひょろと千鳥脚でカストリ横丁から出てきたので、よう、今夜は休みかいと肩を叩くと、あっ、だ、旦那とかなんとか叫んでこそこそ逃げていきやがった。ちょっと似ているけれどあいつは贋者だ。鎌田、あの男をひっぱってこい！」

鎌田よりひとあしさきに私服がそのほうへ走っていった。梧郎ものっそのっそと歩いていく。等々力警部もイスからはんぶん腰をうかしていた。

一同がこちらから見ていると、その男は私服と用心棒に左右からつめよられて、面白そうに大口あけて笑っている。それから痛そうに顔をゆがめて、天神髭と関羽髯をむしりとりはじめたので、等々力警部をはじめとして、そのとき、キャバレーにいた連中は、思わずぎょっと呼吸をのみこんだ。

不思議な男は私服と用心棒になじられながら、すっかり髯をむしりとってしまうと、揉烏帽子をとり、十徳を脱ぐと下は大島の袷によれよれの袴といういでたちだが、袷も袴もそうとうくたびれている。

それからかれは十徳を袖だたみにして左手に持つと、にこにこしながら私服と用心棒につきそわれ、こちらのほうへやってくる。年齢は三十五、六だろう、もじゃもじゃ頭の小柄で、貧相な男だが、どこか身についた愛嬌（あいきょう）がある。マダム専用のブースまでくると、ペコリとひとつお辞儀をして、

「警部さん、さきほどはどうも」

と、にこにこしている。

「き、君はいったいだれだ！」

等々力警部の声は怒りにふるえた。

「いや、ぼくはこういうものですが……」

と、名刺入れから取り出した名刺を受け取ってみて、等々力警部はかたわらの私服を振り返った。

「君、君、君たちはこのひとの身体検査をしなかったのか」

「いえ、あの、それはたしかやったはずですが……」

「いえね、警部さん、それはこのひとたちの落度じゃあないんです。身体検査必至と見て、ぼく一時この名刺入れを、あるところへ隠しておいたんです。これで見るとほかにもまだ、身体検査のいきとどかぬ人物があるんじゃないですか」

「しかし、君はいったい、どういう……？　ここには名前と住所だけしか刷ってないが」

と、テーブルの上へおいた名刺を、何気なく日置支店長がのぞいてみて、

「あっ、そ、それじゃあなたが金田一耕助……？」

「えっ、日置さんはこのひとを……?」

と、等々力警部はまたびっくりしたように支店長を振り返る。

「はあ、うちの頭取がそういう名の私立探偵に、紛失した金の捜査を依頼したという話を聞きましたが……」

「えっ、あんたが私立探偵……?」

と、あきれ顔に眼をみはる等々力警部へ、

「とはどうしても見えませんかね。あっはっは」

と、金田一耕助はのんきそうな笑い声を送ると、またペコリともじゃもじゃ頭をひとつさげて、

「さきほどは白ばくれてて失礼しました。お詫びの印にお土産をひとつ進呈しましょう」

と、袂をさぐって取り出したのはくの字なりに折れてまがった蠟マッチ。

「これが……?」

と、等々力警部はまだ面喰らったおどろきからさめていない。不思議そうに相手を見ると、

「いや、さきほどそこの入口を入ったところで拾ったんです。これがひょっとすると今夜の事件の謎を解く鍵になるんじゃないかと思うんですが……」

そのとき、ガチャンとグラスの砕ける音がしたかと思うと、突然、雪枝が椅子から立ち上がった。一同がギョッとそのほうを振り返ると、雪枝は棒立ちになったまま、両

手で咽喉をかきむしっていたが、やがてかあっとひとかたまりの血を吐くと、くずれるようにテーブルの上に突っ伏した。

じっさいそれはあっというまの出来事で、テーブルの上でちょっとのあいだぴくぴくふるえて、それきり動かなくなった雪枝の左の指に、大きなオパールの指輪が光っている。

キャバレー・ランターンの内部は、ふたたびわっとけいれんした。

紙幣番号

等々力警部をはじめとして、マダムのブースのまわりにいたものは、あっけにとられて雪枝のこの急変を眺めていたが、やがて寺田甚蔵が、

「雪枝！　雪枝！　ど、どうしたんだ」

と、この男にしては珍しく慌てた様子で雪枝の体を抱き起こしたが、そのとたん、

「ヒーッ！」

と、こわれた笛のような声をあげて、江口緋紗子が用心棒の鎌田梧郎にしがみついたが、それも無理ではなかったのである。

雪枝の顔は恐怖のために激しく歪んで、大きくみはった眼はガラス玉のように硬直している。しかも口のまわりをよごしているおびただしい血の泡を見たときには、だれし

もゾーッと総毛立たずにはいられなかった。

「ちきしょう！　青酸カリだ」

等々力警部が思わず口走ると、寺田は憤然たる面持ちで用心棒の鎌田梧郎を振り返った。

「こいつだ！　こいつだ！　こいつがおれを毒殺しようとしたのだ！」

「え？」

と、一同は思わず寺田の顔を見なおす。鎌田梧郎は緋紗子の肩を抱きすくめたまま、びっくりしたような眼で寺田を見ている。その顔を寺田は怒りにふるえる指で指さしながら、

「そうです。警部さん。わたしがグラスをすりかえたんです。雪枝のグラスとわたしのグラスと。……わたしのグラスにはコルクの屑がういていたので、皆さんがこのひとに……」

と、金田一耕助のほうを顎でしゃくって、

「気をとられているあいだに、雪枝のグラスとすりかえたんだ。だから、この毒はおれのためにもられたんだ。鎌田！　てめえ雪枝をおれにとられたので、その仕返しにおれに一服盛ろうとしゃあがったんだろう」

「と、と、とんでもない、マスター」

と、梧郎は狼狽してどもりながら、

「第一、あのグラスはわたしが配ったんじゃあない。緋紗ちゃんが配ったんじゃありませんか」

「あっ、そうだ！　おまえたちは共謀になってるんだろう。そうだ、そうだ、それでわかった」

と、寺田は大声でわめきたてた。

「あのコルクの屑は目印だったんだ。毒が入っているという。……それで、緋紗子がその盃をおれにすすめやあがったんだ！」

「そんな、そんな、……マスター、そんな！」

緋紗子は梧郎に抱かれたまま、わあっと大声で泣き出した。

「木下君！」

と、等々力警部は騒ぎを聞いて駆けつけてきた木下刑事に噛みつくように怒鳴りつけた。

「君たちはなんのために身体検査をやったんだ。犯人が青酸カリを隠しているのに気がつかなかったなんて。……まあ、いい。いまからいってもあとの祭りだ。とにかく、さっそく先生にきてもらって、もう一度身体検査のやりなおしだ。金田一さんとやら。あなたもどうぞそのおつもりで……」

「はあ、承知しました」

と、金田一耕助はにこにこしながら、またひとつペコリとお辞儀をした。

金田一耕助はそのとき気がついたのである。日置支店長のまえにある空のカクテル・グラスの底にも、コルクの屑がこびりついているのを……。

こうして、銃殺騒ぎのあとの毒殺騒ぎで、キャバレー・ランターンは恐怖のどん底にたたきこまれた。

その晩、そこにいあわせた客こそ災難で、足止めをくったあげく二度も身体検査をされるのだから、こんな迷惑な話はない。この二度めの身体検査で、最初に見落としていたいろんなものが発見されたが、これによってもこういう場所における身体検査というものが、いかに困難であるかということがわかるのだ。それでいて、かんじんなものは発見されなかった。

金田一耕助も日置支店長とともに身体検査をうけると、いっしょに隅っこのテーブルへ帰ってきた。日置はすっかり毒気を抜かれたようにぼんやりしている。

「日置さん、さきほどはありがとうございました」

金田一耕助がにこにこしながら、ペコリと頭をひとつさげると、

「え？　なんのこと……？」

と、日置は夢からさめたように、金田一耕助を振り返った。

「いや、あなたがぼくの名前を知っていてくださったおかげで助かったんですからね。それでないともっともクロイ人物として、睨まれたかもしれませんよ。あっはっは」

「いやあ、そんなこと。……しかし、金田一さん、わたしはあなたをもっとお年をめし

たかただと思っていましたよ」

　と、日置重介は失礼にならぬ程度の好奇心で、金田一耕助を見守っている。

「若くて頼りないですか。あっはっは。いやどうも」

　と、金田一耕助はそこでまたペコリと頭をさげると、

「ときに、日置さん、あなた、ちょくちょくここへいらっしゃるようですが、やっぱり盗まれた札束のことで……？」

「はあ、あれはわたしにとって責任問題ですからね。取り返せるものなら取り返したいと思って……」

「それじゃ、やはりここに隠してあるというお見込みなんですね」

「いや、見込みなんてわたしのような素人には、何もわかりはしないんですが、ちょっと妙なことに気がついたんでしてね」

「妙なこととおっしゃると……？」

　日置はちょっとあたりを見まわすと、

「あなたはうちの頭取が捜査を依頼したひとだから申し上げるんですが、さっき殺されたここのマダムですがね」

「はあ、はあ、マダムが……？」

「わたしが支店長だとわかると妙に歓待するんです。わたしはこのとおりの不粋な人間ですから、いままで女に歓待されたことなんかない。それにもかかわらずあの女が、妙

に狎々しくするので、こいつ少しおかしいというような気持ちで、こっちもその手にのったような顔をして通っていたんです。すると果たして今夜……」

「今夜……？」

「はあ、マダムのほうから非常に遠まわしにですが、わたしのひかえておいた紙幣番号のことを聞くんですね。それも非常に巧妙に、世間一般の好奇心というふうにですね。それで、こちらも手にのったようなのらぬような、まあ、おたがいに腹の探りあいをやってるうちに、佐伯君の事件が起こって……」

「なるほど、それでマダムの腹をはっきり探りあてるチャンスを失われたわけですね」

金田一耕助はにこにこしている。日置支店長は探るようにその顔色を見ながら、

「そうです、そうです。しかし、わたしはやはりマダムが臭いと思っていたんです。まさか行嚢を持って逃げた第三の人物とは思えないが、その男の情婦かなんかで、それに頼まれてわたしを色仕掛けかなんかでたらしこんで、紙幣番号を聞き出そうとするんじゃないかと思っていたんですが、あのひとがああして殺されてみると……」

と、日置支店長はまた探るように金田一耕助を見て、

「ねえ、金田一さん、さっきのマスターの話、あれ、ほんとうでしょうか。犯人はあの男を狙ってたなんてこと……」

「さあ、それはどうでしょうかね。それよりもね、日置さん」

と、金田一耕助は体を乗り出し、

「さっき殺された佐伯君は、あなたの下で働いていたんだからご存知でしょうが、あのひとが今夜ここへ入ってきたとき、あなたお気づきじゃあなかったんですか」

「いいえ、すぐ気がつきましたよ。じっさいびっくりしたんです」

「正面入口から入ってきたとき……？」

「ええ、そうです。そうです」

「それじゃ、そのとき佐伯君の身辺に近よったものがあるのに、お気づきじゃありませんか」

「そういえば用心棒の鎌田梧郎が、肩に手をかけて何かいってましたが……」

「そのほかにだれか……？」

「ああ、そうそう、マダムもわたしの注文したジンジャーエールを取りにいって、何か不思議そうに声をかけていたようです」

「ああ、そう、そのほかには……？」

「いや、わたしの気づいたのはそれだけですが、しかし、それが何か……？」

「いやあ、ああ、寺田さん、ちょっと」

ちょうどそこへ身体検査を終わった寺田甚蔵が通りかかったので、金田一耕助が呼びとめると、

「え？　何？」

と、振り返った寺田甚蔵は、金田一耕助の顔を見るとにやりと笑った。

「やあ、これは、これは探偵さん、何か目星がつきましたかな」

と、ひやかすような調子である。

「いやあ」

と、金田一耕助はもじゃもじゃ頭をかき回しながらにこにこ笑って、

「それについて、あなたにお訊ねしたいことがあるんですがね」

「さあ、どうぞ、どうぞ。お役に立てば結構ですから、どんなことでも訊いてください」

「はあ、ほかでもありませんが、マダムは左の眼に義眼をはめてますね。非常に精巧にできた……あなたはあれをご存知でしたか」

日置支店長はびっくりしたように金田一耕助を振り返る。寺田はしかしいたってかるい調子で、

「それはもちろん知っていましたよ。上海にいる時分、片眼を失って義眼をはめたんだそうですが、あれ、非常によくできてますね。わたしなんかもこんな仲になるまえには、気がつかなかったくらいなんです。しかし、金田一先生、何かそれが……?」

と、金田一耕助の顔色を読もうとするように見つめている、寺田甚蔵の顔色を、金田一耕助はまた逆に読み取ろうとして見つめていた。

的

「金田一君……金田一君といったね。君はほんとにこの事件の真相を知ってるというのかね」

と、等々力警部は疑わしそうに、金田一耕助の顔を見ている。警部にはこの男が事件の真相をつきとめたということはおろか、これが果たして大銀行の頭取ともあろうひとが、事件の調査を依頼した私立探偵であるということすら信じかねるのである。

「はあ、知ってるんですよ。警部さん、したがって犯人もちゃんと知ってるんです」

と、金田一耕助はあいかわらず、飄々として、しかもにこにこ笑っている。

そこはランターンの二階の事務室で、ソファの上に佐伯の死体が長くのびている。佐伯はこのキャバレーへ入ってきたとき、暑そうに上衣を脱いだが、その上衣はいま死体の上にかけてある。射たれたとき佐伯はその上衣をひろげて持っていたとみえて、背中のまんなかへんに弾丸の貫いた跡がついていた。

この事務室にはいま、等々力警部のほかにマスターの寺田甚蔵、用心棒の鎌田梧郎、それから日置支店長とジャズ・シンガーの江口緋紗子が、いずれもいくらかこわばった表情でひかえていた。そして、部屋の内外を刑事や警官が厳重に見張っている。

しかし、だれもこの金田一耕助という、もじゃもじゃ頭の小柄で貧相な男の言葉を、そのまま信ずるものはなかった。いや、むしろ、この男こそいちばんクロイとにらまれて、それゆえにこそ刑事や警官が厳重に、その周囲を監視しているのだといってもよかった。

金田一耕助はしかしあいかわらずにこにこしながら、

「この事件でもっとも興味のあるところは、犯人がいかにして暗闇のなかで、ああもうまく被害者を狙撃することができたかということにあるんですね。それにはふたつの場合が考えられる。第一は犯人が暗闇の中でも的をねらえる視力をもっている場合。……しかし、これは昔の草双紙ならともかく、現代ではちょっと考えられませんね。そこで第二の場合……すなわち的となった被害者に、暗闇のなかでも認識しうる標的がつくられていたのではないか……」

と、金田一耕助はもじゃもじゃ頭をかき回しながら、ぐるりと一同を見わたして、

「そこで、わたしはその場にいあわせたひとびとに、いろいろ訊ねてまわったんです。すると、こういうことがわかったんですね。すなわち、被害者はこのキャバレーへ入ってくるとまもなく上衣を脱いだ。そして、それを小脇にかかえて、ふらりふらりと噴水のまわりを歩いていた。ところがそこにある上衣を見ると背中のまんなかへんに弾丸の跡がありますね。したがって被害者は狙撃されたとき、上衣をひろげて持っていたに違いない。いや、じっさい、ぼくが死体を見たとき、被害者は両手で襟をつかんで倒れてましたからね。そこでこういうことが考えられる」

と、金田一耕助がふいに椅子から立ち上がったので、監視の刑事や警官がさっと緊張して身動きをした。

しかし、金田一耕助はさあらぬ態で、そこらあたりを歩きまわりながら、

「被害者はこうして噴水のまわりを歩いていた。と、突然、電気が消えて真っ暗になっ

た。その暗闇のなかから被害者が猫だ！　猫だ！　暗闇の中から猫が狙っている……と、おびえたように叫んだというんですね」

「ふむ、ふむ、それで……？」

と、等々力警部はしだいに椅子から体を乗りだす。警部もしだいにこの男の話にひかれてきたのである。

「ところでひとがおびえたとき、何者かの襲撃を避けようとするとき、いったい、どんな素振りをするでしょう。しかも、そのひとが上衣を小脇にかかえているとき……ちょっとその上衣を拝借」

と、金田一耕助が死体の上から上衣をとろうとすると、

「何をする！」

と、木下刑事がその手をおさえた。

「いや、いや、べつにぼくはこの上衣を持ち逃げするわけじゃありませんからご安心を」

「木下君、そのひとのするままにさせてあげたまえ。ふむ、ふむ、金田一さん、それで……」

「はあ、ありがとうございます」

と、金田一耕助はにこにこしながら、またひとつ、ペコリとお辞儀をすると、

「たぶん、被害者はこういうふうに」

と、両手で上衣の襟をつかみ、前方に背中を向けてひろげると、

「猫だ！　猫だ！　暗闇の中から猫が狙ってる！」

おびえたように上衣の影に身をすくめると、

「ああ、ちょっと、そこのドアのそばにいらっしゃるかた、おそれいりますが、電気のスイッチを切ってくださいませんか」

「ああ、君、このひとのいうとおりにしたまえ」

等々力警部はポケットのなかから、さっき金田一耕助にもらった蠟マッチを取り出してみてようやく金田一耕助という男が、容易ならぬ人物であることをさとりはじめた。

警部の命令で刑事が電気を消すと、暗闇の中から金田一耕助の叫ぶ声が聞こえた。

「猫だ！　猫だ！　暗闇の中から猫が狙っている！……と、こう叫びながら被害者は、眼のまうえに上衣をひろげたんですが。みなさん、よくこの上衣の背中にご注意ください。そこに目印のついているのを発見されるでしょう」

暗闇の中で金田一耕助が上衣をひろげたせつな、ひとびとはそこにボーッとほのかにうきあがる燐光の輪を発見して、思わずあああっと驚きの声をあげた。

「おわかりになりましたか。これが犯人にとっての標的だったんですね。刑事さん、どうぞ、もう電気をおつけになってください」

電気がついたせつなの一同の顔にうかんだ驚きの表情は、ちょっと筆にも言葉にもつくしがたいものがあった。それは犯人のこの巧妙なトリックに驚くと同時に、それを看破したこの男の慧眼にも驚嘆しているのである。

しかし、この男がほんとうに看破したのか、それとも、ひょっとするとこの男自身が……と、木下刑事の瞳から疑惑の色はまだ消えていなかった。等々力警部はしかし、どうやら納得した顔色で、

「金田一さん、それじゃこの蠟マッチがそうなんですね」

と、感動を押しつぶしたような声である。

「そうです、そうです。ぼくもそれを発見できようとは思わなかったんですが、ああいう目印をつけられたとしたら、このキャバレーへ入ってからだと思ったんです。なぜって、警部さんとそちらの刑事さん、木下さんのおふたりが、今夜ここまで被害者をつけてこられたんだが、その道中には暗い場所も通ったに違いない。そのときこういう目印がついていれば、当然気づかれたはずですからねえ。ところが、ここにいられる目撃さんの話によると、被害者がこのキャバレーへ入ってきてから、その身近に接触したのは、用心棒の鎌田君とマダムの雪枝さんのふたりだという話です」

「いや、ちょっと」

と、木下刑事がさえぎって、

「金田一さん、そのまえにあんたも被害者の背中に手をかけて、何かいってたじゃありませんか」

「あっはっは、そう」

と、金田一耕助はにこにこ笑って、

「それじゃ、ぼくも容疑者のひとりとしておきましょう。なるほどぼくにも裏口から忍びこみ、スイッチを切って的を狙撃し、また裏口から逃げ出して、もとの表口でてるというチャンスはあったわけですね。それじゃここに三人の容疑者がうかびあがった。用心棒の鎌田梧郎さん、マダムの雪枝さん、それから金田一耕助と名乗る怪しげな男……と、こういうことになったわけです。ところでこの三人について、ひとりひとり第二の毒殺事件に関するチャンス、すなわち、毒をもるチャンスの有無について検討してみましょう。この場合、ぼくはまず第一に除外されてもよさそうですね。どうでしょう、警部さん」

「賛成しましょう」

と、等々力警部がにこにこしながらうなずいた。

「はっ、ありがとうございます」

と、金田一耕助は頭をさげて、

「すると、あとは鎌田君と雪枝さんですが、鎌田君もまず除外されそうですね」

「ど、どうしてですか。金田一さん」

と、寺田甚蔵がびっくりしたというよりは、いくらか憤然とした面持ちで叫んだ。

「こいつは緋紗子とぐるになって……」

「そうおっしゃいますがね、寺田さん」

と、金田一耕助はにこにこしながら、

「コルクの屑のういているのは、あなたのグラスだけじゃなかったようです。ぼく、ひととおりほかのかたのグラスも見たんですが、日置さんのまえにあった空のグラスの底にも、コルクの屑がくっついていたんです。しかも、日置さんはこのとおり生きていらっしゃる。だから、あれは目印でもなんでもなく、たんなる暗合にすぎなかったんです」

「それじゃ、だれが……？」

「三から二ひく、一残る……」

「と、いうと……？」

「雪枝さんが寺田さんに毒を盛ったんですね」

「あっ！」

と、叫んで一同は、思わずこの奇妙な小男を見なおした。相手の言葉があまりにも確信にみちていたから、ちょっと啞然とした格好である。

等々力警部はしかし、しだいにこの男の話しっぷりに魅了されてきたらしく、

「金田一さん、しかし、雪枝がどうして寺田君を……？」

と、その質問ぶりも真剣である。

「それは寺田さんが雪枝の義眼を知っていられたからですよ」

「な、な、なんですって？　雪枝が義眼をはめているんですって？」

と、等々力警部は愕然たる叫びをあげた。ほかの刑事や警官たちも、ぎょっとしたように顔を見合わせている。

「はあ、ぼくも今夜まで気がつかなかったんですがね。さっき寺田さんに聞いたら、上海でやったんだそうで、非常に精巧にできておりますな。右の眼と同じように動くんだから……いまに、お医者さんがいらっしゃればわかるでしょう」

「それじゃ、被害者が猫と叫んだのは……」

と、新井刑事が思わずうめいた。

「そうです。そうです。雪枝の義眼はどうかすると、闇のなかで光るんですね。それともうひとつ、今夜の第一の被害者は、去年の十一月の夜の事件のとき、第二の被害者と取っ組みあいかなんかやっていて、その柔らかな肉体の感触から、相手が女性であることを知っていたんじゃないでしょうか。その柔らかな肉体の感触が、暗闇のなかで光る義眼とむすびついて、猫という動物を連想させたのだろうと思うんです。暗闇のなかにひそむ猫……それはいかにも女性的な暗示ですね」

金田一耕助にこう指摘されたとき、等々力警部は思わず頰を染めて、ふうむとうならずにはいられなかった。

それにしても、あの凶暴な銀行盗賊のひとりが女であったとは！

「そ、それで金田一先生、七十万円という札束は……？」

と、支店長の声はふるえている。額にぐっしょり汗をかいていた。

「それはご安心なすってよろしいんじゃないでしょうか。雪枝が佐伯を殺したところをみると、札束はまだここにあるんじゃないでしょうか。佐伯があのときのことを思い出して、喋っては困ると思ってやったのでしょうから。たぶん、あの噴水のどこかに……あの女の台座のコンクリートのなかにでも埋もれて……」

金田一耕助はそこでふらりと立ち上がると、

「寺田さん、これでマダムがあなたを殺そうとした理由がおわかりでしょう。第一の被害者が殺害されたとき、あなたはここにいらっしゃらなかった。したがって、暗闇のなかの猫……と、被害者が口走ったことをご存知なかった。もし、それを聞かれたら、じぶんの義眼とむすびつけて考えやぁしないかと、雪枝はそこに不安を感じて、そのことがあなたのお耳に入るまえに、あなたを片付けてしまおうとしたんですね」

寺田は陰気な顔をしてうなずくと、ぞくりと肩をふるわせた。そのほかにも雪枝がこのキャバレーの経営権を、完全に自分のものにしていたがっていたことも、寺田はよく知っていたのである。

「警部さん」

と、金田一耕助は等々力警部を振り返って、

「部下のひとたちの身体検査の見落しを、お責めになってはいけませんよ。雪枝は左手に大きなオパールの指輪をはめておりますね。あのオパールはロケットのふたみたいになってるようです。雪枝はいざという場合の用意に、あの指輪のなかに青酸カリをもっていたに違いない。これから階下へいって、それを調べてみようじゃありませんか。それから暗闇のなかで雪枝の義眼が、どう光るかということも……」

睡れる花嫁

一

ちかごろは凶悪な犯罪や陰惨な事件がつぎからつぎへと起こって、ほとんど応接のいとまもないくらいだが、これからお話しようとする「睡(ねむ)れる花嫁」の事件ときたら、その陰虐さにおいて比類がなく、この事件の真相が究明されたときには、さすがに大犯罪や怪事件に麻痺した都会人も、あっとばかりに肝(きも)をつぶしたものである。

それは凶悪であるばかりでなく陰惨であった。陰惨であるばかりでなく不潔であった。しかもあいついで起こった陰惨にして凶悪、凶悪にして不潔な「睡れる花嫁」事件の底には、ほとんど常識では考えもおよばぬような、犯人のゆがんだ狡智(こうち)と計画がひそんでいたのだ。

さて、それらの事件の露頭がはじめて顔を出したのは、昭和二十七年十一月五日の夜のことだったが、その顚末(てんまつ)というのはこうである。

その夜十一時ごろ、S警察署管内にあるT派出所づめのパトロール、山内巡査は受持区域を巡回すべく、十一時ごろ、同僚の石川巡査と交替で派出所を出ていった。

人間の運命ほどわからないものはなく、これが生きている山内巡査を見る最後になろうとは、石川巡査も気がつかず、また、当の本人、山内巡査も神ならぬ身の知るよしもなかった。

　しかし、あとから思えば虫が知らせたというのか、山内巡査は出るまえに、石川巡査とこんな会話をかわしたそうだ。

「いやだなあ。また、あのアトリエのそばを通らねばならんのか。おれゃ、あのアトリエのそばを通るとき、いつもゾーッと総毛立つような気がするんだ」

「あっはっは、そんな臆病なことをいってちゃ、この職業は一日もつとまらない」

「いや、おれ自身、そんな臆病な人間とは思っちゃいない。巡回区域のなかにゃ、もっともっと淋しいところもあるんだが、あのアトリエだけは苦手だな。いまいましい、どうしてはやくぶっこわしてしまわないのかな」

「そんなことをいったって、持ち主の都合もあるんだろう。まあいいからはやくいってきたまえ。いやな仕事を片付けて、あとで何かあったかいものでもおごろうじゃないか」

「ふむ、そうしよう、じゃ、いってくるよ」

　そうして山内巡査は出かけたのだが、それきり生きてふたたび、派出所へ帰ってくることはなかったのである。

　いったい、S警察署のあるS町というのは郊外のそうとう高級な住宅街で、やたらに樹木が多く、夜などたいへん淋（さび）しい町だ。しかも、そこにはS学園という、幼稚園から大学まで包括する大きな学校もあり、昼間の人口と夜の人口とのあいだに、そうとうのひらきがあるといわれるくらい、夜ともなれば静かなところである。

おまけに、山内巡査の受持区域というのが、S学園からS町のはずれへかけての、この町でもいちばん淋しい区画だ。山内巡査はこの区域を、いつもあんまり好んでいなかったが、夜のパトロールのときはことにいやだった。

それというのが、さっき石川巡査とのあいだに話が出た、あのアトリエのことがあるからだった。そのアトリエというのは、S学園の建物を通りすぎて、人家もまばらな畑地へさしかかると間もなく、向こうに見えてくるのである。

それはもう長く住むひともなく、荒れるにまかせてあるうえに、いちばん近い隣家からでも、百メートル以上も離れており、おまけに亭々(ていてい)たる杉木立にとり囲まれて、めったに陽のさすこともなく、昼間見ても、ゾーッと総毛立つほど陰気で、いかにも曰(いわ)くありそうな建物なのだ。

しかも、じっさいそのアトリエには、世にも陰惨な歴史があるのだ。

それはまだ山内巡査がこの土地を知らないまえの出来事だったが、いつか同僚の石川巡査から聞かされた、その陰惨なエピソードの記憶が、夜の巡回の途次など、ことになまなましく脳裡によみがえってくるのだ。

それはいまから数年まえの出来事だった。

当事、そのアトリエには樋口邦彦(ひぐちくにひこ)という画家が、細君とふたりきりで住んでいた。樋口邦彦というのは、その当時の年齢で、四十近かったそうだが、それに反して、細君の瞳(ひとみ)というのは、まだ若い、しかし病身そうな女であった。

じっさい、瞳は肺をわずらっていたのだ。彼女はそれより一年ほどまえまで、銀座裏のキャバレーで、ダンサーとして働いていたところを、樋口邦彦と相知って、同棲することになったのだが、キャバレーにいるころから、ときどき喀血していたという。

しかも、その病勢は樋口と同棲することによって、快方に向かうどころか、いっそう昂進していった形跡がある。げんに瞳がそのアトリエに住むようになって以来、定期的に診察していた医者は、ふたりに別居するようにと、切にすすめたそうである。彼らの異様な愛欲生活が、女の病勢をつのらせていることが、はっきりわかっていたからだ。

しかし、瞳は笑ってとりあわず、樋口も彼女を手離さなかった。

変わり者の樋口は、近所づきあいというものをほとんどやらなかったが、それでもご用聞きやなにかの口からもれて、彼の瞳にたいする熱愛ぶりは、近所でも知らぬものはなかった。

それは瞳の病勢が、いよいよつのってきた八月ごろのことである。

旦那さんが病室へたらいを持ち込んで、まるで、赤ん坊に行水をつかわせるように、奥さんのからだのすみずみまで洗っていただの、奥さんのおしもの世話は、いっさい旦那さんがおやりだの、それでいて、毎晩旦那さんは奥さんといっしょにおやすみだのというような、顔の赧くなりそうな噂が、ご用聞きの口からもれて、聞くひとの眉をひそめさせた。

そのうちに十月になると、だれももう瞳の姿を見なくなった。声も聞かなかった。

ご用聞きが訊(たず)ねると、奥で寝ている。近ごろはだいぶん快(い)いほうだと、樋口はにこにこしながら答えた。その様子にはべつに変わったところも見られなかった。

だが、そのうちに樋口は、ご用聞きたちをしめ出してしまった。表も裏もしめきって、必要な品は自分で店まで買いにいった。

そういう樋口の様子に、ここにひとり、疑惑を抱くものが現れた。それは酒屋の小僧の浩吉(こうきち)という少年で、町でも評判のいたずら小僧だった。

彼はある日、樋口が買物に出かけるのを待って、垣根のなかへ忍びこんだ。瞳の病室はアトリエから廊下づたいでいける日本座敷であることを、浩吉はまえから知っている。

ところがその病室には雨戸がぴったり閉まっていた。いや、病室ならず、どこもかしこも、雨戸や鎧扉(よろいど)が閉まっていた。

浩吉の胸はいよいよ騒いだ。結核患者にとって、新鮮な空気が何よりも必要なことを浩吉も知っていた。だから風のない日には、どんな寒い季節でも、瞳はガラス戸を開放して寝ていた。それにもかかわらず昼日中から、雨戸をぴったり閉めきっているとは……？

そのことと、もうひとつ、浩吉の胸をはっと騒がせたものがあった。それはどこからともなく匂(にお)うてくる、なんともいえぬいやな匂いだ。胸がむかむかするような、吐気をもよおしそうないやな匂い……、しかも、どうやらそれは雨戸のなかから匂うてくるらしいのである。

浩吉は思わず武者ぶるいをした。彼はいまや好奇心と功名心のとりこになっていたのだ。ひょっとすると、自分が世にも異様な犯罪の発見者になるかもしれないという自覚が、彼に武者ぶるいをさせてやまなかった。

浩吉はどこかなかへ忍びこむ隙はないかと、家のまわりを探して歩いた。そして、アトリエの窓の鎧扉のひとつが、かなりいたんでいるのに眼をつけた。いたずら小僧の浩吉には、それをこわして、そこから忍びこむくらいのことは朝飯前だ。

浩吉はこの家の間どりをよく知っている。アトリエから廊下づたいに、薄暗い病室のまえまでくると、襖の向こうからまたしても、胸のむかむかするようないやな匂いが、いまにも嘔吐をもよおしそうなほど強く匂ってきた。

浩吉はぐっとひと息吸いこむと、それから思いきって襖をひらき、手さぐりに壁ぎわのスイッチをひねった。

と、そのとたん、この季節にもかかわらず、おびただしい蠅がわんわんと飛び立ち、お座敷用の低いベッドのなかに、世にも気味の悪い死体が横たわっているのを発見したのである。

浩吉のような子供にも、ひとめ見てそれが死体とわかったのは、それが死後、そうとうの時日が経過して、かなり腐乱の度がすすんでいたからだ。あのまがまがしい臭気と、おびただしい蠅は、その腐乱死体から発するものだった……。

この陰惨な事件は、当時大センセーションをまき起こした。

樋口邦彦はただちに逮捕され、死体は解剖に付された。しかし、他殺の痕跡はなく、大喀血による死亡であることが確認された。

だから、ただそれだけならば、死亡届を怠り、死体をいつまでも手許においたという罪だけですむのだろうが、世にもいまわしいことには、その死体に死後も愛撫されていたらしい形跡が、歴然と残っていたことである。

それについて、樋口邦彦はこういったという。

「それは故人の遺志だったのです。瞳は息をひきとるまえに、わたしに向かってこういったのです。わたしが死んでも火葬になどせず、いつまでもおそばにおいて愛しつづけてくださいと……」

樋口はもちろん精神鑑定をうけた。しかし、べつに異常をきたしているふうもなかった。かれは起訴され、断罪された。いま刑務所にいるはずである。

その後、アトリエに付属する建物はとりこわされて、どこかへ転売されていったが、アトリエのほうは立ちくされたまま、いまも無気味なすがたをさらしているのだ。

二

さて、まえにもいった昭和二十七年十一月五日の夜、このアトリエのまえまでさしかかった山内巡査は、アトリエの窓からもれる明かりを見、思わずぎょっと足をとめた。

その明かりというのは、どうやらマッチの火らしく、一瞬にしてめらめらと消えてしまったのだから、もし山内巡査がとくべつに、このアトリエに関心をもち、無意識のうちにも注目していなかったとしたら、気がつかずに通りすぎていたかもしれない。それに気がついたのが山内巡査の不運だった。

山内巡査は危うく立ち枯れそうになっている、杉の生垣（いけがき）に身をよせて、いま明かりのもれた窓を注視していたが、二度と明かりはもれず、そのかわりどこかで蝶番（ちょうつがい）のきしる音がした。だれかがアトリエの扉を開いたのだ。

山内巡査が小走りに、門のほうへ走っていくのと、門のなかからひとりの男が飛びだしたのと、ほとんど同時だった。相手は山内巡査のすがたを見ると、ぎょっとしたように、大谷石の門柱のそばに立ちすくんだ。

「君、君」

と、山内巡査は声をかけて、懐中電灯の光を向けながら、その男のほうへ近よった。

懐中電灯の光のなかにうき上がったのは、鳥打（とりうち）帽子をまぶかにかぶり、大きな黒眼鏡をかけ、外套（がいとう）の襟（えり）をふかぶか立てた、中肉中背の男のすがただった。男は外套の襟を立てているのみならず、マフラーで鼻から口をつつんでいるので、顔はほとんどわからない。

それがいっそう山内巡査の疑惑をあおった。

「君はいまあのアトリエのなかで何をしていたんだね」

山内巡査はするどく訊ねた。

「はあ、あの……」

相手はまぶしそうに懐中電灯の光から眼をそらしながら、低い声でもぐもぐいったが、山内巡査にはよく聞きとれなかった。

「君はこの家が空き屋だということを知ってるかね」

「知ってます」

相手はあいかわらず低い不明瞭な声である。

「その空き家のなかでいったい何をしていたのかね」

「ここはぼくの家ですから」

山内巡査はそれを聞くと、思わずぎょっと相手の顔を見直した。しかし、あいかわらず鳥打帽子と黒眼鏡、マフラーと外套の襟で顔はほとんどわからない。

「君の名は……？」

「樋口邦彦……」

低い、陰気な声である。

山内巡査は何かしら、総毛立つような気持ちがして、思わず一歩しりぞいた。かれはここへくるみちすがら、樋口という男のことを考えていたのだ。

「樋口邦彦というのは君かあ？」

山内巡査は思わず問い返したが、相手はそれにたいしてなんとも答えず、あいかわらず無言のまま門柱のそばに立っている。

山内巡査はまたあらためて、黒眼鏡の奥をのぞきこんだが、あいにく懐中電灯の光を反射して、眼鏡が黄色く光っているので、その奥にどんな眼があるのかわからなかった。

なるほど、しかし、樋口邦彦なら顔を隠すのもむりはないと山内巡査は考えた。この近所では顔を知られているのだろうし、昔のあさましい所業を思えば、とても顔を出してはおけないのだろうと、山内巡査は善意に解釈した。だが、しかし、訊くだけのことは訊かねばならぬ。

「しかし、樋口邦彦なら、いま刑務所にいるはずだが……」

「最近出所したのです」

「いつ？」

「一か月ほどまえ……」

山内巡査はちょっと小首をかしげて考えた。このまま見のがしてよいだろうか。……しかし、なんとなく不安である。

「とにかく、ぼくといっしょにアトリエへ来たまえ。そこで君が何をしていたか聞かせてもらおう」

しかし、相手は無言のまま門柱のそばを離れようとしない。

「おい、こないか」

相手のそばへ立ちよって、その手をとろうとした山内巡査は、どうしたのか、突然、

「ううむ！」

と、低い、鋭いうめきをあげると、そのまま骨を抜かれたように、くたくたとその場にくずれていった。見ると、樋口邦彦と名のる男の右手には、血に染まった鋭い刃物が握られている。

黒眼鏡の男は相手が倒れるのを見ると、ひらりとその上を飛びこえて、そのまま闇のなかを逃げていく。

山内巡査は腰のピストルに手をやったが、もうそれを取り上げる気力もなかった。

あのアトリエの隣家（と、いってもまえにもいったとおり百メートル以上も離れているのだが）に住む、村上章三という人物が、その場に通りかかったのは、それから五分ほどのちのことである。

村上氏は門柱のそばに落ちている懐中電灯の光に眼をとめて、不思議に思って立ちよってきた。そして、そこに血糊のなかにのたうちまわっている山内巡査を発見したのだ。

さいわい、村上氏のうちには電話があったので、ただちにこの由が警察へ報告され、係官が大勢どやどやと駆けつけてきた。山内巡査の体はすぐにもよりの病院へかつぎこまれたが、そのころにはまだ山内巡査の生命もあり、意識もわりにはっきりしていたので、樋口邦彦なる人物を、職務訊問した顚末が虫の息のうちにも語られた。山内巡査はそれを語り終わって、不幸な生涯をとじたのである。

そこでただちにこの由が警視庁へ報告され、警視庁から全都にわたって、樋口邦彦の指名手配がおこなわれたが、いっぽう例のアトリエは、S署の捜査主任井川警部補と、二、三の刑事によって取り調べられた。そして、そこに世にも驚くべき事実が発見されたのである。

いったい、建物というものは、住むひとがないと、かえっていっそう荒廃するものだが、そのアトリエも御多分にもれず、ものすごいほどの荒れようだった。雨もりが激しいらしく、したがって床のある部分はぼろぼろに腐朽していて、うっかり脚を踏みこもうものなら、そのままめりこんでしまうおそれがあった。蜘蛛の巣が一面に張りめぐらされ、壁土はほとんど剝げ落ちていた。

井川警部補と三人の刑事は、顔にかかる蜘蛛の巣を、気味悪そうに払いのけながら、懐中電灯をふりかざして、このアトリエのなかへ入っていったが、突然、刑事のひとりが、

「あっ、主任さん、あんなところに屛風が張りめぐらしてある！」

と、叫びながら懐中電灯の光を向けた。

見ればなるほど、アトリエのいちばん奥まったところに、屛風が向こうむきに張りめぐらしてある。

この荒廃したアトリエと、日本風の屛風。この奇妙な取り合わせが、警部補や刑事に一種異様な戦慄をもたらした。一同はぎょっとしたように、しばらく顔を見合わせていたが、

「よし、いってみよう」

と、警部補は先頭に立って、屏風の背後へ近よると、その向こうがわへ懐中電灯の光をさし向けたが、そのとたん、

「ううむ！」

と、鋭くうめいて、はちきれんばかりに眼をみはった。

屏風の向こうには、いささか古びてはいるけれど、眼もあやなちりめんの夜具が敷いてあり、夜具のなかには高島田に結った女が、塗り枕をして眠っている……。

いや、いや、それは眠っているのではない。死んでいるのだ。しかも、死後そうとうたっているらしいことは、そこから発する異様な臭気から察しられる。女は紅白粉(べにおしろい)も濃厚に、厚化粧をしているけれど、顔のかたちは、はやいくらかくずれかけている。

「畜生！」

井川警部補はするどく口のうちで舌打ちした。

樋口邦彦という男が、かつてこのアトリエのなかで、どんなことをしたか知っている警部補は、今夜ここから逃げ出したその男が、腐乱しかけたこの女の死体に、いったいなにをしかけたのか、想像できるような気がするのだ。

警部補はなんともいえぬいまわしい戦慄を感じながら、金屏風のまえに横たわった、花嫁すがたの女の死体をみつめていたが、そのとき、突然刑事のひとりが、しゃがれた声で注意した。

「主任さん、主任さん、こりゃ、あの女ですぜ。ほら手配のあった写真の女……天命堂病院から盗まれた死体の女……」

井川警部補はそれを聞くと、さらにはちきれんばかりに眼をみはって、女の顔を見つめていたが、

「ううむ！」

と、またもや鋭くうめいた。

三

渋谷道玄坂付近に、天命堂という病院がある。そこの三等病室に入院していた河野朝子という女が、十一月二日の正午ごろに死亡した。

病気は結核で、そうとう長い病歴をもっていたが、天命堂病院で気胸の手術を受けていたのがかえって悪かったらしく、にわかに病勢が悪化して、半月ほどの入院ののち、とうとういけなくなったのである。

河野朝子は渋谷にあるブルー・テープという、あんまりはやらないバーの女給だった。いや、女給というより、ブルー・テープを張り店にして、客をあさる時間外の稼業のほうが、本職のような女であった。

彼女には東京に親戚がなかったので、ブルー・テープのマダム水木加奈子がその亡骸

を、引き取ることになっていた。加奈子はお店へ亡骸を引き取って、形ばかりでもお葬(とむら)いを出してやるつもりだといっていた。

ところがその死体について妙なことが起こったのだ。

病院では死体移管の手続きを終わって、ブルー・テープから受け取りにくるのを待っていたが、すると、二日の夜おそく、加奈子の使いのものだと称して、男がひとりやってきた。

その男は中肉中背で、鳥打帽子をまぶかにかぶり、大きな黒眼鏡をかけ、風邪でもひいているのか大きなマスクをかけていた。その上に外套の襟をふかぶかと立てているので、顔はほとんどというより、全然わからなかった。

その男は事務室へ、水木加奈子の手紙を差し出した。文面はこのひとに、河野朝子の死体をわたしてほしいというのだが、この手紙はのちに加奈子の筆跡と比較された。そして、それが全然違っており、贋(にせ)手紙であることが立証された。

しかし、病院ではそんなこととは気がつかなかった。まさか死体を盗んでいこうなどという、ものずきな人間があろうとは思わなかったのだ。

ただ、あとになって、死体引き渡しに立ち会った山本医師と沢村看護婦の語るところによると、

「そういえば、病室へ入っても帽子もとらず外套も脱がず、失敬なやつだと思っていました。それにほとんど口もきかず、こちらが型どおりおくやみを述べるとただうなずく

だけで、冷淡なやつだと思っていましたが、まさか死体泥棒だったとは……」

「わたしも、死体が盗まれたとわかってから気がついたんですが、なんとなく陰気なひとで、ゾーッとするような印象でしたね。病室から死体運搬車で玄関まで死体を運んだんですが、そのあいだもひとことも口をきかずに……そうそう、左の脚が悪いらしく、少し跛をひいていたようです」

その男は玄関まで死体を運んでもらうと、雑役夫にたのんで、死体を表に待たせておいた自動車へ運びこませた。そして、みずから運転して立ち去ったというが、だれもこれが贋使者と知らないから、車体番号に注意を払うものもなかった。

ところが、この自動車が立ち去ってから、一時間ほどのちのことである。

水木加奈子の代理のものから電話がかかって、今夜は都合が悪いから、死体の受け取りは明日にしてほしいといってきたから、病院でもへんに思った。

そこで、さっき使いのものがやってきたので、死体をわたしたと話すと、電話口へ出た水木加奈子の代理の女は、ひどく驚いたらしかった。

そんなはずはない、ママは今夜、自分で受け取りにいくつもりだったが、宵から胃痙攣を起こして苦しんでいるので、使いなどを出した覚えはないといいはった。そこでさんざん押し問答をしたすえ、それじゃ、ともかくママと相談して、誰かが出向いていくからと、代理の女は電話を切った。

それから半時間ほどたって、水木加奈子の養女しげると、死んだ朝子の朋輩原田由美子というふたりの女が、天命堂病院へ駆けつけてきたが、やっぱり加奈子に使いを出した覚えはないと聞いて、病院でも驚いた。

試しに使いの持ってきた手紙を見せると、ふたりとも言下に加奈子の筆跡ではないと否定した。

それから騒ぎが大きくなって、警視庁から等々力警部が出張し、病院の関係者はいうにおよばず、ブルー・テープのマダム水木加奈子、加奈子の養女しげる、さらに通い女給の原田由美子が取り調べられたが、死体泥棒の正体については、だれもこれといった証言を提供することはできなかった。

その日も、ブルー・テープは平常どおり開業しており、客もそうとうあったが、それらの客のなかには、朝子の死体が今夜おそく帰ってくることを、しげるや由美子から聞いていったものもあるというから、あるいはそれらの客のうちのだれかが悪戯をしたのかもしれなかった。しかし、だれも左脚が不自由で、跛をひいている男に、心当たりはないという。

マダムの加奈子は、十時ごろには死体を引き取りにいくつもりだったが、その一時間ほどまえから胃痙攣が激しくなったので、店のほうはしげると由美子にまかせておいて、自分は離れになっている寝室へしりぞいた。ところが、いつまでたっても胃の痛みが去らないので、あまり病院を待たせてもと、十一時ごろ、養女のしげるに電話をかけさせたのだという。

これが二日の夜の出来事で、それ以来、警察のやっきとなった捜索にもかかわらず、杳としてわからなかった朝子の死体が、はからずもS町のいわくつきのアトリエから発見されたのである。しかも、世にもあさましい睡れる花嫁として……。

四

「ああ、これはひどい。これはひどい。これゃ人間の所業じゃないな」

むっと異臭のただようアトリエのなかを、檻のなかのライオンのように、行きつもどりつしながら、顔をしかめて呟くのは、ほかならぬ金田一耕助である。あいかわらず、よれよれの着物によれよれの袴をはいて、頭は例によって雀の巣のような蓬髪である。

金屏風の向こうがわでは、医者や鑑識の連中が、急がしそうに立ち働いている。刑事がアトリエを出たり、入ったり、捜査主任等々力警部の指図を仰いで、どこかへ飛び出していったりした。アトリエの外には新聞記者が大勢つめかけている。

十一月六日、薄曇りの朝十時ごろのことである。

金田一耕助は天命堂病院の死体盗難事件にひどく興味を持っていた。かれはその事件がただそれだけにとどまらないで、何かしら、薄気味悪い事件に発展していきそうな予感をもっていたのだ。

ところが今朝の新聞を見ると、果然、その死体は警官殺しという血なまぐさい事件をともなって発見されたのだ。しかも、睡れる花嫁として……。

　金田一耕助はその記事を読むと、すぐに警視庁の等々力警部に電話した。さいわい、警部はまだ在庁して、これからS町へ出向くつもりだから、なんならすぐにということだった。そこで警視庁へ急行した金田一耕助は、そこから警部たちと、このいまわしい現場へ同行したのである。

　医師の検死や鑑識課の指紋採集、さては現場撮影などが終わると、金田一耕助は等々力警部にうながされて、はじめて金屏風の向こうへ入った。

　河野朝子は昨夜、井川警部補が発見したときと同じ姿勢で、絹夜具の上に横たわっている。しかし、掛蒲団ははねのけられて、派手な緋縮緬の長襦袢を着た姿が、この荒廃したアトリエの空気と、異様なコントラストをしめして無気味だった。

　それに、すでに形のくずれかかった青黒い死体が、頭も重たげな文金高島田に結い、眼もさめるような長襦袢を着ているところが、なんだか木乃伊の粧いでも見るように薄気味悪かった。

「あの頭はかつらなんですね」

「そう」

「犯人はここで死体と結婚したわけですね」

「結婚……？」

　と、等々力警部はちらりと金屏風に眼をやって、

「ふむ、まあ、そういうことになりますな。死体は愛撫されているんだから」

　等々力警部はそういって、ぺっと唾を吐くまねをした。さすがものなれたこの老練警部も、いかにも胸糞が悪そうだ。

「ところで犯人と目されている樋口邦彦という男には、これと同様な前科があるんですね」

「ええ、そう、だからこの事件、警戒を要すると思うんですね。最初の事件で味を覚えて、そういう習性がついたとすると、今後もまた、こういうことをやらかすんじゃないかと思ってね」

「なるほど、それも考えられますね」

「なにしろ、警官を刺し殺すほど、デスペレートになっているとすれば、あいつのこれに対する願望は、非常に深刻かつ凶暴なものになっていると思わなければなりませんからな」

　金田一耕助はくらい眼をして、哀れな犠牲者の顔を見ていたが、何を思ったのか、急にゾクリと肩をふるわせる。

「金田一さん、どうかしましたか」

「いえね。警部さん、ぼくはいま警部さんのおっしゃった言葉から、とても恐ろしいことを連想したんです」

「恐ろしいこととは……？」

「警部さんはいま、そいつの願望が非常に深刻かつ、凶暴なものになっていると思わなければならぬとおっしゃったでしょう。ところで、死体を手に入れるということは、そう楽な仕事じゃありませんね。ことに若い女の死体と限定されているんですから。だから、死体が手に入らないとすると……」

「死体が手に入らないとすると……？」

「自分の手で死体をつくろうと考えだすんじゃないかと……」

「金田一さん！」

警部はギョッとしたように、激しい視線を金田一耕助のほうへ向けて、

「それじゃ、この事件の犯人は、いずれ殺人を犯すだろうと……」

「とにかく、昨夜、警官をひとりやっつけているんですからね」

金田一耕助は軒をつたう雨垂れのように、ポトリと陰気な声で呟いた。

警部はなおも激しい眼つきで、金田一耕助の顔を見つめていたが、突然、強い語調で叫ぶように、

「いいや、そういうことがあってはならん。断じてそういうことはやらせん。そのまえにあげてしまわなきゃ……」

「樋口は一か月まえに出獄してるンですね」

「ええ、そう」

「それからの行動は……？」

「いまそれを調査中なんですがね。あいつはそうとう財産をもってるだけに厄介なんです」

「この被害者、河野朝子、あるいはブルー・テープとのコネクションは……？」

「いや、それもいま調査中なんですがね。間もなくここへ、ブルー・テープのマダムがくることになってるンです。それに聞けばなにかわかるかもしれない」

ブルー・テープのマダム水木加奈子が、ふたりの女をつれて駆けつけてきたのは、それから間もなくのことだった。ふたりの女とはいうまでもなく、養女のしげると女給の原田由美子である。

三人は井川警部補に案内されて、アトリエのなかへ入ってくると、緊張した面持ちで屏風のなかをのぞきこんだが、ひと目死体の顔を見ると、三人ともすぐに眼をそらした。

「もっとよく見てください。河野朝子に違いありませんか」

「はあ、あの……」

加奈子は口にハンカチを押しあてたまま、もう一度恐ろしそうに死体に眼をやったが、

「はあ、あの、朝子ちゃんに違いございません。どうお、しげるも由美ちゃんも？」

「ええ、あの、ママのいうとおりよ。朝子ちゃんにちがいないわね、由美ちゃん」

「ええ」

由美子は死体から眼をそらすと、恐ろしそうに身ぶるいをする。

「いや、ありがとう。それじゃちょっとあんたがたに訊きたいことがあるんだが、ここ

じゃなんだから、むこうの隅へいきましょう」

等々力警部は三人の女をうながして、アトリエのべつの隅へみちびいた。

金田一耕助は少し離れて、それとなく三人の女を観察している。これが事件に突入したときのかれの習癖なのだ。どんな些細な関係でも、事件につながりのあるとみられた人物は、かれの注意ぶかい観察からのがれることはできないのだ。

「マダムは樋口邦彦という人物を知っちゃいないかね」

等々力警部の質問にたいして、加奈子はあらかじめ予期していたもののように、わざとらしく眉をひそめて、

「ええ、そのことなんですの。今朝、新聞にあのひとのことが出ているのを見て、すっかりびっくりしてしまって……」

こういう種類の女の年齢はなかなかわかりにくいものだが、水木加奈子はおそらく三十五、六、あるいはもっといってるかもしれない。大柄のパッと眼につくような派手な顔立ちだ。どぎついくらい濃い紅白粉も、豊満な肉体によく調和している。身ぶりや表情もそれに相応して、万事大げさだった。

「ああ、それじゃマダムはあの男を知ってるんだね」

「はあ、存じております」

「どういう関係で……？」

マダムは表情たっぷりに、警部の顔に流し目をくれながら、

「だって、あたしもと、銀座のキャバレー・ランタンで働いてたんですもの」

「銀座のキャバレー・ランタンというと？」

「ご存知ありません？　樋口さんの奥さんになった瞳さんの働いてたキャバレー」

「ああ、そう」

　等々力警部は急に大きく眼をみはり、加奈子の顔を見なおした。

「じゃ、マダムもあのキャバレーのダンサー……？」

「いいえ、あたしダンサーじゃありませんの。こんなおばあちゃんですものね。あたしあそこでダンサーたちの監督みたいなことしてましたの。やりて婆の憎まれ役。うっふっふ」

　等々力警部は怒ったようなきつい顔で、加奈子の冗談を無視して、

「それじゃ、その時分、樋口を知ったわけですね」

「ええ、そう。あたし瞳さんとは仲よしでしたの。ですから、瞳さんがあのひとといっしょになってから、ここへも二、三度遊びにきたことがございます。あの時分からみると、このお家、見違えるみたい」

　加奈子はあたりを見まわして、大げさに肩をすくめる。この女、すべてが芝居がかりである。

「それで、あの男が刑務所を出てきてから、会ったことは……？」

「ええ、それが会っておりますのよ。そのことについて、警部さんにもお詫びしなければ

ばならないと思っていますの。ほら、朝子ちゃんの……」

と、加奈子はまた表情たっぷりの視線を、屛風の奥に投げかけると、

「あの死体が紛失したとき、どうして樋口さんのことを思い出さなかったものか」

「じゃ、なにか思い当たることでも……」

「ええ、そうなんですの。あの日、二日でしたわね。天命堂病院で朝子さんの死に水をとっての帰りがけ、道玄坂でばったり樋口さんにお眼にかかったんです。すると、樋口さんが今夜遊びにいってもいいかとおっしゃるんでしょ。それで、今夜は駄目、お店早じまいにして、病院へ死体を引き取りにいかねばならない。それからお通夜をするんだからって、そういったら、樋口さんが亡くなったのはどういうひとだ、いくつぐらいの娘だ、きれいな女かっていろいろお訊ねになるんです。でも、それ、身うちのものが……朝子ちゃんは身うちってわけじゃありませんけど、身内同様にしてたでしょ。そういうものが亡くなったとき、だれでもお訊ねになることでしょう。だから、それに特別の意味があるなんて、あたしけさ新聞を見るまで気がつかなかったんです。あのひと、あの晩、お店へいらしたそうです。あたしそのこと、さっきしげるから聞くまで、ちっとも知らなかったんですけれど……」

「店へきたというのは……？」

だしぬけに等々力警部に問いかけられて、しげるはちょっとどぎまぎする。

金田一耕助はさっきから、この女を興味ぶかい眼で見守っていた。女としても小柄の

ほうだが手脚がすんなりのびていて、体も均勢がとれているので、小柄なのがすこしも気にならない。それに、ぴったりと身についた、袖のながい黒繻子の支那服を着ているので、じっさいよりも背が高く見える。年齢は二十くらい……いや、まだそこまではいってていないかもしれない。体の曲線に女としての十分な成熟が見られず、前髪をそろえて額にたらした顔も、きれいなことはきれいだが、女としての色気がたりない。ちょっと少年といった感じである。

「はあ、あの、いまから考えると、あれはきっとママの様子をさぐりにきたんですね。あれは何時ごろでしたか、九時から十時までのあいだだったと思います。あのひとがやってきて……」

「あのひとというのは樋口邦彦だね」

「はあ」

「君はそれまでに樋口に会ったことがあるの」

「ええ、二、三度家へいらしたことがあるんです。でも、あたし、昔あんなことがあったかただとは知らなかったんです。ママがいってくれなかったもんですから。刑務所から出てきたばかりだということさえ知らなかったんです」

「ふむふむ、それで二日の晩……？」

「はあ、あの、たぶん九時半ごろだったと思います。ここにいる由美ちゃんは知らないそうですから、きっとご不浄へでもいった留守だったんでしょう。樋口さんがやってきて、ママはもう病院へ死体を引き取りにいったかって訊くんです。それで、あたし、ママは今夜、胃痙攣を起こして寝ているから、死体引き取りはむつかしいんじゃないかって、つい何気なしにいったんです。そしたら、二こと三こと、ほかのことを話して、そのまま帰っていったんです。いまから考えると、確かに妙だったんですけれど、そのときは、あのひとがあんなひとだとは夢にも知らなかったもんですから、今朝、新聞であのひとの名前を見るまで、つい、そのことを忘れていて、ママにもいってなかったんです」

「しげるがそのことをいってくれたら、昔のこともございますし、朝子ちゃんの死体を盗んだの、ひょっとするとあのひとかもしれないと、気がついたかもしれないんですけれど……」

マダムが例によって表情たっぷりにつけ加えた。

「しかし、死体盗人の犯人が、びっこをひいてたってことから、樋口という男を怪しいと思いませんでしたか」

だしぬけに、金田一耕助に言葉をかけられ、加奈子としげるは、びっくりしたように振り返ったが、

「ええ、そのことなんですがね」

と、マダムは怪訝そうに、耕助の顔をジロジロ見ながら、

「そのことについても、今朝しげると話し合ったんでございますのよ。樋口さん、跛を

ひいていたかしら。……あたしがせんに知ってるころには、べつに脚が悪いようなことはなかったんですもの」

「いや、樋口は刑務所にいるあいだに、左脚を負傷して、それ以来、跛をひいてたっていうんだがね」

　等々力警部は口をはさんだ。

「ああ、そう、それじゃ、あたしもしげるも見逃してたんですわね。そんなにひどい跛じゃないんでしょう」

「ああ、ごくかるい跛だって話だが……」

「あんたは」

　と、金田一耕助は由美子のほうを振り返って、

「樋口という男にあったことないの」

「いえ、あの、あたし……」

　由美子はもじもじしながら、

「二、三度、お店へいらしたので、お眼にかかったことがございます」

　由美子というのは特色のない、ひとくちにいってもっさりした女だ。ことに眼から鼻へ抜けるように聡しげなしげるとならべて比較すると、いっそう、その平凡さが眼についた。だぶだぶとしたしまりのない肉付き、小羊のように臆病そうな眼、まるまっちい鼻、金田一耕助にただそれだけのことを訊かれても、額に汗をにじませているところを

見ると、よほど気の小さい女なのだろう。

「二日の晩、その男がお店へきたときには、君はいなかったんだね」

「はあ、あの、きっとお手洗いへでも……」

「ああ、そう、ところで君もその男が、跛をひいてたことに気がつかなかった？」

「いえ、あの、あたしは気がついてました」

と、いってからマダムとしげるの顔を見て、

「でも、ほんにかるい跛でしたから……」

と、慌てたようにつけくわえた。

「あら、そう、由美ちゃんは気がついてたの。それじゃ、あたしたちよっぽどぼんやりしてたのね。ほっほっほ」

「ところで、マダム」

と、等々力警部。

「樋口が二、三度マダムのところへきたというのは、何か特別の用件でもあったの？」

「いえ、べつに。なにぶんにも、……以前ああいうことがあったひとでしょう。だから、だれも気味悪がって、相手にしなかったんですね。それで、あたしのところへ、今後の身のふりかたについて相談にきたわけなんですの」

「マダムは気味悪くなかったんだね」

「いえ、それはあたしだっていやでしたわ。まさかこんなことをしようとは存じません

でしたけれど、……でも、そうむげに追っぱらうわけにもね。それで話を聞いてあげてたんですけれど……」

「どんな話をしてたかね」

「なんでも、あたしどもみたいな商売をしたいようにいうんです。あのひと、小金を持ってるらしいんですね。でも、ああいう商売、どうしても女が主にならなければ駄目でしょう。そういう女が見つかるか、……あのひとのしてきたことを知ったら、だれだってね、気味悪がって逃げだしてしまいますわ。ですけれど、あたしとしてはそうもいえませんので、何かもっとかたぎな商売なすったら……と、いったんです。でも、いやあねえ」

と、マダムは眉をひそめて、

「だって、今後の身のふりかたについて、相談にのってくれなんて来ながら、こんなことするんですもの。もうああいう趣味が本能になってるんでしょうか」

加奈子は大げさな身ぶりで、ゾクリと眉をふるわせた。

五

樋口邦彦のけだもののようなこの行為は、俄然世間に大きなセンセーションをまき起こした。

樋口はもう、生きた女では満足できず、死体、あるいは腐肉でないと、真に快楽を味わえないのではないか。もし、そうだとすれば、早晩、金田一耕助が恐れるように、凶暴な殺人行為にでも発展していくのではないか……。

警察では、むろん、やっきとなって樋口のゆくえを追及したが、二日たち、三日とすぎても、杳として消息がつかめない。

全国に写真がバラまかれ、新聞にも毎日のように、いろんな写真が掲載されたが、いっこう効果はあがらなかった。いや、こんな場合の常として、投書や密告はぞくぞくときたが、つきとめてみるといずれも人違いで、いたずらに警官たちを奔命に疲れさすばかりだった。

「樋口があくまで執拗に、逃げのびようとするのもむりはない。そこには、あのいまわしい死体に関する犯罪のみならず、警官殺しという大罪が付随しているのだ。つかまったが最後ということを、かれもよくわきまえているにちがいない」

しかし、警察もただいたずらに、手をこまねいていたわけではない。

五日夜以後の樋口のゆくえはわからなかったが、刑務所を出てからのかれの行動はだいたい調べがついていた。

小石川に住んでいる、樋口正直という某会社の重役が、かれのいとこだった。十月八日、刑務所内の善行によって、刑期を短縮されて出てきた樋口邦彦は、いったんそこに身をよせたが、三日ほどして本郷の旅館へひきうつっている。

それについて樋口正直氏の談によるとこうである。

「刑務所へ入るとき、財産いっさいの管理をまかされたものですから、それを受け取りにきたんです。財産はS町にある地所はべつとしても、証券類で約五、六百万はあったでしょう。それを資本に……それでも足りなければS町の地所を売ってでも、何か商売をしたいといってました。アトリエは持っていても、画家として立っていく自信はなかったんですね。刑務所を出てから、すっかり人間が変わってましたね。以前からそう陽気なほうではなかったんですが、こんどは恐ろしく無口になって……やはりあの事件が影響したんだねと、家内なんかと話したことです。ここを出たのはやはり面目なかったんでしょう。きっと何も知らぬ他人のなかへ入りたかったんですね。こっちもしいて引きとめませんでした。家にも年ごろの娘がありますんでね」

邦彦は本郷の宿も三日で出て、牛込の旅館へうつっている。ところがその牛込の旅館も十日ばかりで出て、それからどこに泊まっていたのかはっきりしない。

おそらく前身が知れるのをおそれて、変名で宿から宿へとうつっていたのだろう。加奈子にも、しょっちゅう変わるからといって、はっきり住所をいわなかったそうだ。

ところが、十月二十八日になって、新宿のM証券会社で、証券類をいっさい金にかえている。そのたかは六百万円で、だから、かれはそれだけの金をふところに、どこかに潜伏しているわけだ。

こうして警察必死の追及のうちに、五日とたち、十日とすぎたが、十一月二十日になって、またもやおぞましい第二の犯行が暴露された。

ああ、金田一耕助の予想は的中したのだ。妖獣はいよいよ本領を発揮して、そのゆがんだ欲望を遂行するために、ついに殺人をあえてしたのである。

六

それよりさき、十一月十七日のことである。中野区野方町にある柊屋という小間物店へ、ひとりの男が訪ねてきた。

この柊屋は自宅の奥に五間ほどの部屋をもっていて、それを貸間にしているのだが、そのひとつが最近あいたので、周旋屋へたのんで間借り人を探していたところが、そこから間借りの希望者をよこしたわけである。

その男は茶色のソフトに、鼈甲ぶちの眼鏡をかけ、感冒よけの大きなマスク、それに外套の襟をふかぶかと立てているので、ほとんど顔はわからなかった。

しかし、その日がちょうど空っ風の強い、とても寒い日だったので、柊屋の主人もべつに怪しみもせず、部屋を見せたところが、すぐに話がついて、若干の敷金のほかに、一か月分の間代をおいていった。家族は妻とふたりきりで、今夜のうちに引っ越してくるといっていた。

名前は松浦三五郎、丸の内にある角丸商事につとめているといったが、そんな会社があるのか、柊屋の主人は知らなかった。

　さて、その夜、松浦三五郎とその妻は、夜具をつんで自動車でやってきた。九時ごろのことだった。ところが柊屋の貸部屋は、間借り人専用の門と玄関がべつにあるので、柊屋の主人は松浦三五郎のやってきたのを知らなかった。

　ただし、柊屋のおかみが間借り人のひとりの部屋から出てきたところへ、松浦三五郎が玄関へ、夜具の包みを運びこんできたので、

「ああ、いまお着きですか」

　と、挨拶すると、

「はあ、今夜は夜具だけ。ほかの道具はいずれ明日……」

「奥さまは……？」

「自動車のなかにいます。ちょっと体をこわしているので……」

　松浦は昼間と同じように、大きなマスクをかけているので、言葉はもぐもぐ聞きとれなかった。

　柊屋のおかみはちょっと細君というのを見たいと思ったが、それもあんまり野次馬らしいと思ったので、

「それじゃ、お大事に……」

　と、挨拶を残して母屋のほうへ立ち去った。松浦は夜具を部屋へ運びこむと、表へ出てきて、

「それじゃ、運転手君、手伝ってくれたまえ。家内は病気で、歩かせちゃ悪いから」

「承知しました」

と、運転手は松浦に手伝って、若い女をかつぎ出すと、

「奥さん、大丈夫ですか。じゃ、お客さん、どうぞ」

と、左右から細君を抱えるようにして、玄関からなかへ入っていった。そして、自分の部屋へ入ろうとするところへ、隣の部屋から間借り人の細君が顔を出して、

「あら、どうかなすったんですか」

と、びっくりしたように訊ねた。

「いえ、ちょっと脚に怪我をしているものですから」

と、松浦は運転手にいったのとはべつのことをいって、そのまま自分の部屋へ入っていった。隣の部屋の細君も、べつに怪しみもせず、そのまま障子を閉めてしまった。

それが十七日の晩の出来事だが、それきりだれも松浦ならびにその細君を見たものはなかった。しかし、柊屋のほうではさきに間代をとっているのだし、間借り人には万事自由にやらせているので、べつに気にもとめなかった。また同居人は同居人で、柊屋との契約がどうなっているのか知らないので、これまたたいして気にもとめなかった。

ところが二十日の朝になって、隣室の細君が何やら異様な臭気を感じた。その細君はちょうどつわりだったので、臭気に関して敏感になっていたのである。彼女は料理をしていても、昼飯の食卓に向かっても、異様な臭気が鼻について離れず、食事も咽喉に通

らぬどころか、食べものさえ吐きそうだった。その臭気の源はたしかに隣室、すなわち松浦の部屋にあるらしかった。

　夕方ごろ、たまらなくなった細君は、母屋へいって柊屋のおかみにそのことを訴えた。そこへほかの間借り人も同じようなことを訴えてきたので、柊屋のおかみも捨ててはおけず、裏の貸部屋へいってみた。

「松浦さん、松浦さん、奥さんもお留守でございますか」

　柊屋のおかみが声をかけるのを聞いて、

「あら、それじゃ、この部屋のかた、ここにいらっしゃるはずなんですか」

　と、隣室の細君が訊ねた。

「もちろん、そうですよ。どうして？」

「だって、きのうもおとといも、全然、ひとの気配がしないので、あたしまた、ひと晩だけのお客かと思って……」

　隣室の細君はそういって、ちょっと顔を顰めた。十七日の夜、真夜中すぎまでこの部屋から聞こえてきた、むつごとの気配に悩まされたことを思い出したからである。

「いいえ、そんなはずはありませんよ。ひと月分いただいてるんですからね。松浦さん、松浦さん、開けますよ。よござんすか」

　障子を開けると異様な空気は、いっせいに三人の鼻を強くついた。貸部屋はいずれもふた間つづきになっているのだが、表の間には何事もなく、臭気は閉めきった襖の向こうの、奥の間から匂うてくるらしかった。

三人とも不安な予感に真っ蒼になっていた。隣室の若い細君は膝頭をがくがくふるわせた。彼女の脳裡をふっとS町のアトリエ事件がかすめたからである。

「おかみさん、おかみさん、お止しなさい、お止しなさい、その襖開くの……あたし、怖い……」

おかみはしかし、きつい顔をして、襖のひきてに手をかけると、

「松浦さん、松浦さん、ここ開けますよ。よござんすか」

と、うわずった声で念を押すと、思いきって襖を開けたが、そのとたん、いまにも吐き出しそうなほど、強い匂いが三人の鼻をおそうた。

この部屋には雨戸がなく、張出し窓に格子と、ガラス戸が閉まっているだけなので、部屋のなかはまだ明かるい。その部屋の中央に蒲団が敷いてあって、そこに女が仰向きに寝ている。そして、その女の周囲から、あの異様な臭気は発するのだ。

隣室の細君はもうべったりと敷居のうえに腰を落としており、彼女よりすこし勇気のあるおかみと、もうひとりの同居人は、それでも蒲団のそばまでいって、女の顔をのぞきこんだが、ふたりとも、

「きゃっ！」

と、叫んで尻餅ついた。その女は明らかに死んでおり、しかも、そろそろ顔のかたちがくずれかけていた。

おかみさんも同居人も知らなかったけれど、それはブルー・テープの通い女給、由美子だった。

由美子は青酸カリで殺されたのち、あさましい妖獣の手にかかって、第二の睡れる花嫁にされたのだった。

七

二十日の夜おそく、中野署へよび出されたブルー・テープのマダム水木加奈子は、そこにいる等々力警部と金田一耕助の顔を見ると、ふいに胸をつかれたように、よろよろ二、三歩よろめいた。

ふだんからゼスチュアの大きなマダムなので、それがほんとの驚きなのか、それともお芝居たっぷりなのか、さすがの金田一耕助にも判断がつきかねた。

「また、何か、あったんですか」

と、その声は低くしゃがれてふるえている。大きな眼が吸いつくように等々力警部の眼を見つめている。

「ああ、それをいうまえに、マダムにちょっと訊きたいんだが、おたくの女給の由美子だがね、いつからお店を休んでいるんだね」

「ゆ、由美ちゃん……？」

マダムは低く絶叫するようにいって、右手の指を口に押し当てた。

「由美ちゃんが、ど、どうかしたんですか」

「いや、それよりもぼくの質問にこたえてくれたまえ」

「由美子は十五日の昼すぎ電話をかけてきて……いいえ、由美子自身じゃないんです。代理のもんだといって、男の声だったそうですけれど……」

「そうですけれどといって、マダム自身電話に出たんじゃないの？」

「いいえ、うちのしげるが出たんです」

「ああ、そう、それで……」

「由美子は四、五日旅行するから、お店を休むと、ただそれだけいって、電話を切ってしまったそうです。それで、しげるとふたりでぷんぷん憤(おこ)ってたんです。朝子が死んで、そうでなくても手の足りないところへ、いかにお客さんがついたからって、四、五日も勝手に休むなんて……それで……」

「ああ、ちょっと」

と、金田一耕助が言葉をはさんで、

「そうして、客と旅行するようなことは、ちょくちょくあるんですか」

「はあ、それは……」

と、マダムはちょっと耕助を流し目に見て、

「ああいう稼業でございますから、ちょくちょく……でも、たいていひと晩どまりで熱

海かなんかへ……」

「ああ、なるほど、それでマダムは四、五日という長期にわたって、由美君が旅行するということを、怪しいとは思いませんでしたか」

「いいえ、べつに……ただ、身勝手なのが腹が立ったのと、いったいどんな客か知らないけれど、あんなもっさりした娘を、四、五日もつれ出すなんて……と、しげると話して笑ったくらいのもんですけれど……」

「ところで、きょうはしげるちゃんは……？」

しげるの名を聞くと、突然、マダムの顔色が変わった。

「ねえ、警部さん、ほんとに由美子はどうしたんです。じつは、けさからしげるが帰らないんで、心配していたところへ呼び出しですから、ひょっとするとしげるに何かと……」

「し、しげる君がけさから帰らないって？」

金田一耕助と等々力警部が、ほとんど同時に叫んで身を乗り出した。ある不安な予感が、さっとふたりの脳裡をかすめた。

「ええ、そうなんです。ですから、警部さん、由美子はいったい……？」

「殺されたよ。いま解剖にまわっているから、その結果を見なければはっきりわからないが、だいたい青酸カリに間違いないようだ」

「そして、やっぱり……？」

マダムの唇は真っ蒼である。

「ああ、やっぱり朝子の死体とおなじように……」

加奈子は低くうめいて、目をつむると、めまいを感じたように、少し上体をふらふらさせたが、急に大きく眼をみはり、

「警部さん、警部さん、しげるを探してください。しげるも、もしや……」

しげるはその朝、渋谷駅近くにあるS銀行へ十万円引き出しにいった。金はたしかに十万円引き出しており、銀行でも支那服を着たしげるの姿を覚えているのだが、それきり姿が消えてしまったのである。

支那服を着た女の死体が、三鷹の、マンホールから発見されたのは、それから一か月あまりもたった十二月二十五日のことで、むろん、死体は相好の鑑別もつかぬほど腐敗していた。しかし、着衣持物からブルー・テープの養女しげると判断され、殺害されたのは十一月二十日前後と推定された。

こうして妖獣、樋口邦彦はついに第三の犠牲者をほふったわけだが、ただ、ここに不思議なのは、しげるの顔は腐敗するまえから、相好の鑑別もつかぬほど、石かなにかでめちゃめちゃに、打ち砕かれていたのではないかという疑いが濃厚なことである。

樋口はなぜそんなことをしたのか、また、その後、どこへ消えたのか、年が改まって一月になっても、かれの消息は杳としてわからなかった。

八

「ねえ警部さん、ぼくはきのう、川口定吉(かわぐちさだきち)という人物に会って来ましたよ」

松のとれた一月十日、警視庁の捜査一課、第五調べ室にひょっこり訪ねてきた金田一耕助は、ぐったりと椅子に腰を落とすと、ゆっくりともじゃもじゃ頭をかき回しながら、雨垂れを落とすようにポトリといった。

「川口定吉……？　それ、どういう人物ですか」

「川口土建の親方で、ブルー・テープのマダム、水木加奈子のパトロンだった男ですよ」

等々力警部はぎょっとしたように、椅子を鳴らし、体を起こした。

「金田一さん、その男がどうかしたというのですか」

「いえ、べつに……ただ、この男は去年の秋まで、すなわち九月の終わりごろまで、加奈子のパトロンだったんですが、十月になってぴったり手を切ったんですね。それで、何かわかりやしないかと……」

「しかし、金田一さん、樋口邦彦が刑務所を出たのは、十月になってからですよ。その以前に手を切って別れたとしたら、樋口のことは知るはずがないが……」

等々力警部は不思議そうな顔色である。

「そうです、そうです。しかし、ブルー・テープの経済状態はわかるだろうと思ったんです」

「ブルー・テープの経済状態……？」

「ええ、パトロンの送金がたえたとしたら、どういうことになるか、それくらいのことはわかるでしょうからね。いや、じっさいにわかったんです。川口定吉なる人物がいうのに、自分が手をひいた以上、至急にだれかあとがまをつかまなければ、とてもあの店はやっていけぬだろう。加奈子というのが、とてもぜいたく屋だったからというんです」

「金田一さん、しかし、それが……？」

等々力警部はまだ腑におちぬ顔色である。

「いや、まあ、聞いてください。それで、ブルー・テープの経済状態がわかったので、ぼくはもうひとつ聞いてみたんです。あなたはどうして、加奈子と手を切ることになったのか。もしや、加奈子に男でもあることに、気がついたんじゃないかと？」

等々力警部は無言のまま、穴のあくほど金田一耕助を凝視している。耕助がこういう話ぶりをするときには、何かを握っていることを、いままでの経験によって、等々力警部は知っているのだ。

「すると、川口定吉なる人物がこういうんです。いかにもあなたのおっしゃるとおりだ。しかし、ただそれだけではないと……」

「ただ、それだけではないというと……？」

「川口定吉氏がいうのに、自分もひととおり道楽をしてきた男だ。ああいう種類の女を世話する以上、浮気をするのは覚悟のまえだ。情夫のひとりやふたりこさえたのへ、いちいち妬いていては、とてもパトロンはつとまらない。ところが、水木加奈子の場合、いささか気味が悪くなってきたというんですね」

「どういう点が……？」

「川口氏のいうのに、いままでの経験によると、女が情夫をつくったばあい、注意しているると、たいてい、相手がだれだか見当がつくものだ。自分はいままで、こっちでちゃんと知っているのに、相手がひた隠しに隠し、しかも自分をだましおおせたと、得意になっている男女を見ると、おかしくて仕方がなかった。そういうのを見るのが、いつか自分の楽しみになっていた……」

「あっはっは」

と、等々力警部はひくく笑って、

「川口という男も変態じゃないかね」

「いくらかその傾向なきにしもあらずですね。ところがそういう趣味をもっている川口氏にして、加奈子の情夫はついに見当がつかなかった。あんまりうまく隠しおおせているので、だんだん、気味が悪くなってきて、こんな女にかかりあっちゃ、いつ、どんなふうにだまされるかもしれないと、それで、手を切ることにしたんだそうです。加奈子にはだいぶん、かきくどかれたそうですが……」

「ふむふむ、それで、金田一さんには、加奈子の情夫というのがわかっているんですか」

金田一耕助はゆっくり首を左右に振って、

「いや、まだはっきり断定するわけにはいきませんがね。だいたい、そうじゃないかと思われる人物があるんです」

「その情夫が、何かこんどの事件に……？」

「いや、まあ、聞いてください。ぼくはだいぶんまえから、加奈子のあとをつけまわしていたんです。加奈子がだれかと秘密に通信するんじゃないかと……」

「金田一さん、金田一さん、あなたは加奈子が樋口をかくまっているとおっしゃるんですか。しかし、樋口の出獄は十月に入ってからだから、川口という男の気づいた情夫とは……」

「いや、まあ、待ってください。いまにわかります。とにかく、加奈子を尾行していたんですね。ところがきのう、加奈子は神楽坂へ出向いていって、そこのポストへ手紙を投函したんです。ぼくにはそれがわざわざ手紙を投函しにいったとしか思えなかった。そこでぼくは、わざと切手を貼らない手紙を投函したんです。そして、集配人のやってくるのを待って、切手を貼るのを忘れたから、ちょっと手紙を選らせてくださいと頼んだんです。さいわい、集配人が親切なひとだったのと、手紙がそうたくさんなかったので、加奈子の手紙はすぐ見つかりました。差出し人は加奈子と、名前だけしか書いてなく、宛名は清水浩吉様というんですが、近ごろぼくは、あれほど大きなショックにうたれたことはありませんでしたね」

「清水浩吉……？　そ、それはどういう人物ですか」

「いまから四年まえ、S町のアトリエであいうことがあったとき、瞳という女の死体を最初に発見した酒屋の小僧とおなじ名前ですね」

突然、等々力警部は椅子のなかで、ギクリと体をふるわせた。そして、しばらく口もきけない顔色で、金田一耕助を見つめていたが、

「金田一さん！」

と、急に体を乗り出すと、

「あの小僧が、ど、どういう……」

「ぼくはそれをつきとめると、すぐにS町へ出向いていって、清水浩吉の働いていた、三船屋という酒屋を訪ねたんですが、あの事件のあったのは、浩吉の十三歳のときだったが、その翌年、女中にへんなことをしかけたので、三船屋を放逐されたというんです。聞いてみると、いたずらは激しかったが、非常な美少年だったというんですね。それで、写真はないかと探してもらったんですが、やっと一枚見つけてくれました。これがそうなんですがね」

金田一耕助の取り出したのは、ローライ・コードでとった写真で、にっこり笑った少年の胸から上が写っている。なるほど美少年である。

「警部さん、その顔、だれかに似てると思いませんか」

「だれかにって、だれに……？」

「それに、四、五年としをとらせて、前髪を額にたらし、女の支那服の襟で咽喉仏を隠させたら……」

等々力警部の眼は、突然、張り裂けんばかりに大きくなった。そして、かみつきそうな視線で、写真の顔を凝視していたが、

「し、し、しげる！　そ、そ、それじゃ、あいつは男だったのか」

等々力警部はしばらく茫然として、金田一耕助の顔を見つめていたが、にわかにハンカチを取り出して、額の汗を拭うと、

「金田一さん、いってください。それじゃ樋口という男は……？」

「殺されたんじゃないでしょうかねえ。マダムとしげるに……」

「六百万円を奪うためだな」

「そうです、そうです。きっとどこかに、バーの売り物があるとかなんとか持ちかけたんでしょう。それで六百万円を持ってきたとき、ふたりで殺して死体を隠した。しかし、それきり樋口が行方不明になっては、どういうところから自分の店へ糸をたぐってくるかもしれないと恐れたんでしょう。ところが、ちょうどさいわい、朝子という女が亡くなったので……」

「死体を盗みにいったのは……？」

「これはマダムでしょう。胃痙攣と称して離れへひっこみ……」

「そして、死体にいたずらしたのは……」

等々力警部と金田一耕助は、顔見合せて、ゾクリと体をふるわせた。

「ねえ、警部さん」

しばらくたって、金田一耕助は世にも切ない表情を示した。

「清水浩吉はこれが最初の経験ではないんじゃないかと疑うんです。四年まえの事件のとき、彼はもっとはやく瞳の死体を知っていたのじゃないか。そして樋口の留守中に……満十三歳といえば、そろそろですからね」

等々力警部は唖然として耕助の顔を見つめていたが、急につめたい汗が吹き出すのを感じた。

「しかし、金田一さん、由美子はなぜ……？　浩吉のゆがんだ興味から……？」

「いや、それはきっと何かあるんでしょう。由美子に何か覚られたんじゃないか。しげるが男であることを知られたか、それとも樋口の殺害か……」

等々力警部は二、三度強くうなずくと、

「樋口のびっこ……由美子のようなぼんやりが気がついているのに、眼から鼻へ抜けるようなマダムとしげるが気がつかなかったというのは……あのとき、へんだと思わなきゃいけなかったんだな」

と、きっと唇をかみしめた。

「さて、こうして、ふたりまでブルー・テープの女が槍玉にあがったとすると、しげるはもうわれわれのまえへ出られませんよ。疑われないまでも、強く注目されますからね。

いくらうまく化けていても、女装の男という不自然さがありますからね。そこで姿をくらましたが、くらましたきりじゃ、疑いを招くおそれがあるので、だれか同じ年ごろの、体つきの似た女を、替え玉につかったんですね」

「だから、顔をめちゃめちゃにしておいたのか」

等々力警部は溜息をつき、それからまた激しく体をふるわせた。

考えてみると清水浩吉はまだ十七歳。女装しやすい年齢だが、それにしても十七歳の少年が……。

「どうして知り合ったのか知りませんが、三十年増と十七歳の美少年、そのゆがんで、ただれた愛欲が、こんないまわしい事件に発展していったんですね」

金田一耕助はゆっくり立ち上がると、ポケットから手帳を出して、その一頁を破りとると、それを警部のほうへ押しやった。

「ここに清水浩吉のいまいる、アパートの所書きがあります。ぼくもちょっとかいま見てきましたけれど、髪を七三に分け、鼈甲ぶちの眼鏡なんかかけて、すっかり男に返っていますが、しげるに違いないようです。はやくなさらないと、ブルー・テープに買い手がついたようですから、ふたりで高飛びするんじゃないでしょうか」

金田一耕助は出ていきかけたが、思い出したようにドアのところで立ち止まると、

「それから、去年の十二月二十日前後に失踪した女を、もう一度お調べになるんですね。マンホールの女の死体……いや、こんなことは、ぼくが申すまでもありませんが……ご

成功を祈ります」

金田一耕助はかるく頭をさげると飄々(ひょうひょう)として、寒風の吹きすさぶ街頭へと出ていった。

解説

中島河太郎

　金田一耕助の名に三十年も馴染んでいると、ますます実在の人物のように思えてくる。彼の伝記作者であり、事件簿記録者である著者の紹介されたものから、材料を拾い集めたら、金田一の年譜ないし事件目録ができるのではないかと、手をつけてみた。纏めたものをある雑誌に載せたが、穿鑿すると長年にわたって書かれたため不都合な点が出てくる。探偵小説の愛好者のなかには、こういう余計なことに気を廻して、たのしんでいるものもいるのだと、軽く聞き流して欲しい。

　金田一耕助がはじめて紹介されたのは「本陣殺人事件」によってである。昭和十二年の事件で、当時二十五、六歳の青年とある。彼が戦地から復員して、その兵隊姿のままで、戦友から託された謎を解いたのが二十一年で、「年のころ三十五、六、小柄で貧相な男」と描写されている。

　この曖昧な年齢は「贋作楢山節考」ではっきりした。「かれは私より十一歳年少である」とあるから、著者は明治三十五年（一九〇二）生まれ、従って金田一は大正二年（一九一三）生まれと確定する。

本書には金田一の関与した三つの事件が収められているが、「華やかな野獣」は昭和三十一年十二月号の「面白倶楽部」に発表されたものである。これは昭和三十九年の秋、父親が死んだので、娘が本牧の臨海荘を相続したとあるので、三十一年の事件と推定される。ところが彼女の主催する破廉恥パーティの席に、金田一はボーイとして雇われて探りを入れるのだが、その年齢勘定からすればこのとき四十三歳になるのだから、いくら小柄とはいえ、とうがたちすぎてボーイとしては通用しそうもない。

こういう理詰めの考え方にとらわれず、年齢に超越して名探偵ぶりを見せてもらえれば、それで実は満足なのである。金田一探偵を守る会があるくらいだから、金田一も伝記作者も一千万部の読者に注目されて、今後何かとうるさくなりそうで、同情に耐えない。

題名の「華やかな野獣」とは、この物語のヒロインで、しかも被害者という凶運に見舞われる女性の修飾語であった。すばらしい美貌に恵まれた上、貿易会社を経営する敏腕家、おまけに破廉恥パーティの主宰者でもある。

機略に富み、胆力がすわっていて、しかも淫蕩で煽情的で挑発的だというのだから、「華やかな野獣」という形容はぴったりだった。その彼女が享楽のため、男と連れだって部屋に籠ったのだが、発見されたときはすべての活動を停止していた。

その死体の様相が腑におちないし、絞殺と刺殺の二重手間をかけている。この奇怪な謎の勃発以前のムードに関しては、金田一がボーイに扮して、注意万端怠りなかったはずである。その目の下をかいくぐっての犯行であり、所轄警察署側でも金田一とは初顔合わせだから、お手並拝見といった気味である。

双肌脱ぎなのにスカートだけはいていたり、絞め殺されたあとで刺されたり、セーターも凶器も紛失したり、絨緞に血文字が書き残されているなど、つぎつぎに奇妙な事実が発見されて、まずは五里霧中であった。

パーティ参加者や関係者の聴取が開始されると、俄然金田一の質問が冴えてくる。さすがの警察側も次第に彼のことばに耳を傾けはじめるが、第二の死体の存在を予測して、かれらの度胆をぬく。金田一の論理からいけば至極当然の帰結なのだが、一見突拍子もなく見える見解など、かれらの頭脳には入りこむ余地がないのである。

もともとこの金田一が、ホテルのボーイに化けていたのがおかしいのだ。彼の魂胆が明かされて、単なる情痴の果ての犯行だと思われていたのが、新しい展開を示すのである。チグハグだらけの現象が、やがて説明されると、それらの必然性が諒解されて、金田一の紙背に徹する眼光に敬意を表せずにはおれない。

「暗闇の中の猫」は昭和三十一年六月、「オール小説」に発表された。著者が金田一に向かって、終戦後の東京ではじめて扱った事件はなにかと問うたとき、この二重殺人事件を思い出してくれた。これがきっかけで等々力警部と肝胆相照らすようになった記念すべき秘話もある。

二重殺人事件の意味は、戦後一年ほどしての銀行強盗事件が尾を引いて、新らしい事件を起こしたことを指している。盗まれた紙幣はまだ隠匿されていると思われるのに、生き残った強盗の片割れは記憶を喪失し、その捜索に役立たない。強盗が逃げこんだキャバレーが、その隠し場所ではないかという疑いから、私服は警戒し、さらに残った共犯者を改めて連れてきたら、なにか手掛りをつかめぬかという藁をも掴む作戦に移る。突如、電燈が消えたその暗闇のなかで、彼は射たれて命中し間もなく息を引き取った。

　犯人の手際のよさは、暗闇のなかで射ったにかかわらず、命中即死させた点でも容易に窺える。キャバレーの入口近くに店を出している大道易者に変装していたのが金田一であった。付け髯をむしりとられて窮地に陥ったとき、はじめて正体を明かす。すなわち銀行頭取から金の捜査を依頼されていたというのである。

　のちに無二の親友で協力者となる等々力警部も、それを明かされた途端、「えっ、あんたが私立探偵……？」と、あきれ顔を見せてしまったほどだ。

　それが眼前で、キャバレーのマダムの毒死事件が起こると、急転直下、事件の真相を知っていると明言する始末である。あいかわらず、飄々として、しかもにこにこ笑いながら、こともなげに言ってのけたのだ。こんどの事件の焦点は、暗闇のなかでうまく被害者を狙撃したこと、被害者が射たれる直前に、暗闇のなかから猫が狙っていると叫んだことである。

　犯人の巧妙なトリックもさることながら、それを看破した金田一の慧眼には、捜査陣も兜をぬぐほかはなかった。お陰で銀行強盗の謎、暗闇のなかの射殺、マダムの毒死と一連の事件の真相を、一挙に解決してみせる結末は爽快であった。「背の高い、ずんぐりとした男」と紹介された等々力警部は、これで一遍に彼の才能と人柄に魅せられてしまったのだ。

「睡れる花嫁」の事件は昭和二十七年十一月に起こったとある。七月の「幽霊座」事件、翌年の「三つ首塔」の物語に挟っていることになる。

金田一の事件簿のなかでも、きわだって陰惨である。いわくつきのアトリエから出た男を訊問した警官が刺し殺される事件が発端で、いまわしい死姦魔が跳梁する。前歴のある男が出所したあとでの事件勃発なので、続いて殺人の起こる可能性が当局を悩ますのだ。

厭な予感が当たって、病院から死体が盗まれたが、手頃な死体がなければ、そのゆがんだ欲望を遂行するために殺人を犯しかねない。そして現に犠牲者が血祭にあげられた。

犯人像はほとんど明確だといっていいのだが、金田一の人間性観察と心理分析が、微細な点まで行き届いていて、それが犯罪工作の真相を鋭く看破する。決して表面だけに惑わされぬ金田一の本領が発揮されて、読者は快い敗北感を味わうことになるのである。

本書は、昭和五十一年八月に小社より刊行した文庫を改版したものです。なお本文中には、跛、気違い、唖など、今日の人権擁護の見地に照らして、不適切と思われる語句や表現がありますが、作品全体として差別を助長するものではなく、また、著者が故人である点も考慮して、原文のまましました。

（編集部）

華(はな)やかな野獣(やじゅう)

横溝正史(よこみぞせいし)

昭和51年 8月30日 初版発行
令和4年 3月25日 改版初版発行

発行者●堀内大示

発行●株式会社KADOKAWA
〒102-8177 東京都千代田区富士見2-13-3
電話 0570-002-301(ナビダイヤル)

角川文庫 23104

印刷所●株式会社暁印刷
製本所●本間製本株式会社

表紙画●和田三造

●お問い合わせ
https://www.kadokawa.co.jp/(「お問い合わせ」へお進みください)
※内容によっては、お答えできない場合があります。
※サポートは日本国内のみとさせていただきます。
※Japanese text only

ISBN 978-4-04-112356-0 C0193

角川文庫発刊に際して

角　川　源　義

第二次世界大戦の敗北は、軍事力の敗北であった以上に、私たちの若い文化力の敗退であった。私たちの文化が戦争に対して如何に無力であり、単なるあだ花に過ぎなかったかを、私たちは身を以て体験し痛感した。西洋近代文化の摂取にとって、明治以後八十年の歳月は決して短かすぎたとは言えない。にもかかわらず、近代文化の伝統を確立し、自由な批判と柔軟な良識に富む文化層として自らを形成することに私たちは失敗して来た。そしてこれは、各層への文化の普及滲透を任務とする出版人の責任でもあった。

一九四五年以来、私たちは再び振出しに戻り、第一歩から踏み出すことを余儀なくされた。これは大きな不幸ではあるが、反面、これまでの混沌・未熟・歪曲の中にあった我が国の文化に秩序と確たる基礎を齎らすためには絶好の機会でもある。角川書店は、このような祖国の文化的危機にあたり、微力をも顧みず再建の礎石たるべき抱負と決意とをもって出発したが、ここに創立以来の念願を果すべく角川文庫を発刊する。これまで刊行されたあらゆる全集叢書文庫類の長所と短所とを検討し、古今東西の不朽の典籍を、良心的編集のもとに、廉価に、そして書架にふさわしい美本として、多くのひとびとに提供しようとする。しかし私たちは徒らに百科全書的な知識のジレッタントを作ることを目的とせず、あくまで祖国の文化に秩序と再建への道を示し、この文庫を角川書店の栄ある事業として、今後永久に継続発展せしめ、学芸と教養との殿堂として大成せんことを期したい。多くの読書子の愛情ある忠言と支持とによって、この希望と抱負とを完遂せしめられんことを願う。

一九四九年五月三日

角川文庫ベストセラー

角川文庫ベストセラー

金田一耕助ファイル16
悪魔の百唇譜
横溝正史

若い女と少年の死体が相次いで車のトランクから発見された。この連続殺人が未解決の男性歌手殺害事件の秘密に関連があるのを知った時、名探偵金田一耕助は激しい興奮に取りつかれた……。

金田一耕助ファイル17
仮面舞踏会
横溝正史

夏の軽井沢に殺人事件が起きた。被害者は映画女優・鳳三千代の三番目の夫。傍にマッチ棒が楔形文字のように折れて並んでいた。軽井沢に来ていた金田一耕助が早速解明に乗りだしたが……。

金田一耕助ファイル18
白と黒
横溝正史

平和そのものに見えた団地内に突如、怪文書が横行し始めた。プライバシーを暴露した陰険な内容に人々は戦慄！　金田一耕助が近代的な団地を舞台に活躍。新境地を開く野心作。

金田一耕助ファイル19
悪霊島 (上)(下)
横溝正史

あの島には悪霊がとりついている――額から血膿の吹き出した凄まじい形相の男は、そう呟いて息絶えた。尋ね人の仕事で岡山へ来た金田一耕助。絶海の孤島を舞台に妖美な世界を構築！

金田一耕助ファイル20
病院坂の首縊りの家 (上)(下)
横溝正史

〈病院坂〉と呼ぶほど隆盛を極めた大病院は、昔薄幸の女が縊死した屋敷跡にあった。天井にぶら下がる男の生首……二十年を経て、迷宮入りした事件を、等々力警部と金田一耕助が執念で解明する！

角川文庫ベストセラー

双生児は囁く
横溝正史

「人魚の涙」と呼ばれる真珠の首飾りが、檻の中に入れられデパートで展示されていた。ところがその番をしていた男が殺されてしまう。横溝正史が遺した文庫未収録作品を集めた短編集。

悪魔の降誕祭
横溝正史

金田一耕助の探偵事務所で起きた殺人事件。被害者はその日電話をしてきた依頼人だった。しかも日めくりのカレンダーが何者かにむしられ、12月25日にされていて――。本格ミステリの最高傑作！

殺人鬼
横溝正史

ある夫婦を付けねらっていた奇妙な男がいた。彼の挙動が気になった私は、その夫婦の家を見張った。だが、数日後、その夫婦の夫が何者かに殺されてしまった！　表題作ほか三編を収録した傑作短篇集！

喘ぎ泣く死美人
横溝正史

当時の交友関係をベースにした物語「素敵なステッキの話」。外国を舞台とした怪奇小説の「夜読むべからず」や「喘ぎ泣く死美人」など、ファン待望の文庫未収録作品を一挙掲載！

髑髏検校
横溝正史

江戸時代。豊漁ににぎわう房州白浜で、一頭の鯨の腹からフラスコに入った長い書状が出てきた。これこそ、後に江戸中を恐怖のどん底に陥れた、あの怪事件の前触れであった……横溝初期のあやかし時代小説！

角川文庫ベストセラー

眼球綺譚　綾辻行人

大学の後輩から郵便が届いた。「読んでください。夜中に、一人で」という手紙とともに、その中にはある地方都市での奇怪な事件を題材にした小説の原稿がおさめられていて……珠玉のホラー短編集。

Another (上)(下)　綾辻行人

1998年春、夜見山北中学に転校してきた榊原恒一は、何かに怯えているようなクラスの空気に違和感を覚える。そして起こり始める、恐るべき死の連鎖！名手・綾辻行人の新たな代表作となった本格ホラー。

海のある奈良に死す　有栖川有栖

半年がかりの長編の見本を見るために珀友社へ出向いた推理作家・有栖川有栖は同業者の赤星と出会い、話に花を咲かせる。だが彼は〈海のある奈良へ〉と言い残し、福井の古都・小浜で死体で発見され……。

朱色の研究　有栖川有栖

臨床犯罪学者・火村英生はゼミの教え子から2年前の未解決事件の調査を依頼されるが、動き出した途端、新たな殺人が発生。火村と推理作家・有栖川有栖が奇抜なトリックに挑む本格ミステリ。

悪果　黒川博行

大阪府警今里署のマル暴担当刑事・堀内は、相棒の伊達とともに賭博の現場に突入。逮捕者の取調べから明らかになった金の流れをネタに客を強請り始める。かつてなくリアルに描かれる、警察小説の最高傑作！

角川文庫ベストセラー

破門　黒川博行

映画製作への出資金を持ち逃げされたヤクザの桑原と建設コンサルタントの二宮。失踪したプロデューサーを追い、桑原は本家筋の構成員を病院送りにしてしまう。組同士の込みあいをふたりは切り抜けられるのか。

ふちなしのかがみ　辻村深月

冬也に一目惚れした加奈子は、恋の行方を知りたくて禁断の占いに手を出してしまう。鏡の前に蠟燭を並べ、向こうを見ると——子どもの頃、誰もが覗き込んだ異界への扉を、青春ミステリの旗手が鮮やかに描く。

本日は大安なり　辻村深月

企みを胸に秘めた美人双子姉妹、プランナーを困らせるクレーマー新婦、新婦に重大な事実を告げられないまま、結婚式当日を迎えた新郎……。人気結婚式場の一日を舞台に人生の悲喜こもごもをすくい取る。

鬼の跫音　道尾秀介

ねじれた愛、消せない過ち、哀しい嘘、暗い疑惑——。心の鬼に捕らわれた6人の「S」が迎える予想外の結末とは。一篇ごとに繰り返される奇想と驚愕。人の心の哀しさと愛おしさを描き出す、著者の真骨頂！

球体の蛇　道尾秀介

あの頃、幼なじみの死の秘密を抱えた17歳の私は、ある女性に夢中だった……狡い嘘、幼い偽善、決して取り返すことのできないあやまち。矛盾と葛藤を抱えて生きる人間の悔恨と痛みを描く、人生の真実の物語。